DREAMBOOKS

DREAMBOOKS

南宮匠人

남궁
장인

신현재 신무협 장편소설

ORIENTAL FANTASY STORY & ADVENTURE

dream
books
드림북스

남궁장인 6

초판 1쇄 인쇄 2016년 11월 4일
초판 1쇄 발행 2016년 11월 16일

지은이 신현재
발행인 오영배
기획 박성인
책임편집 편집부
제작 조하늬

펴낸곳 (주)삼양출판사 · 드림북스
주소 서울시 강북구 도봉로 173
대표 전화 02-980-2112 **팩스** 02-983-0660
편집부 전화 02-980-2116 **팩스** 02-983-8201
블로그 blog.naver.com/dreambookss
출판등록 1999년 3월 11일 제9-00046호

ⓒ 신현재, 2016

ISBN 979-11-283-9043-2 (04810) / 979-11-313-0600-0 (세트)

드림북스는 (주)삼양출판사의 판타지 · 무협 문학 브랜드입니다.

남궁
장인

南宮
匠人

ORIENTAL FANTASY STORY & ADVENTURE

신현재 신무협 장편소설

6

★
dream
books
드림북스

목 차

第一章

천마신녀 주아흔

"여기 수상한 문서들이 있어요."

좀 소심하긴 해도 무림인은 무림인인지, 나태영은 어느새 놀람을 떨쳐 내고 주변을 살폈다.

은태림이 손을 뻗자 나태영이 책상 위에 있던 문서 몇 개를 가져왔다.

문자와 이상한 기호들이 종이 위로 복잡하게 나열되어 있었다.

마교에서 쓰이는 특별한 암호인 모양이었다.

하지만 은태림도 전장의 후계자로서 암호 같은 것에는 도가 튼 상태였다.

암호문을 새로 만드는 방법도 잘 알고 있었다.

매화전장은 비밀스러운 내부 문서에 은태림이 만든 암호를 쓸 정도였다.

모르는 암호였지만 이렇게 문서가 많다면 규칙을 알아내는 것도 큰 문제는 아니다.

은태림은 종이들을 바닥에 전부 늘어놓았다.

그리고 비슷한 문자와 기호를 찾아 빠르게 훑었다.

"본교…… 은자, 백 냥. 마환단. 이쪽은 교에서 이백 냥. 마환단 열 알……."

문서의 내용을 빠르게 파악해 나가는 은태림을 보며 나태영이 입을 쩍 벌렸다.

무림의 사람들이 무공 수위가 평범한 은태림을 후대하는데는 다 이유가 있었던 것이다.

나태영이 역시 매화전장의 후계자라며 감탄하고 있는 사이, 은태림의 표정이 점점 굳어 갔다.

"이상한데."

"마교의 지부니까 이상한 건 당연하겠죠……? 뭐라도 다 왔나요?"

"그거 말고. 전부 이상해."

은태림은 고개를 들고 약재상 내부를 둘러보았다.

그러곤 다시 금진차의 시신으로 다가가 그의 몸을 반대

로 뒤집었다.

은태림의 손가락이 금진차의 옷 속으로 들어갔다.

이번엔 또 뭘 하시는 거지? 나태영이 눈을 동그랗게 떴다. 계집도 아니고 사내를─은태림이 계집이라고 그럴 이는 아니긴 하지만─, 그것도 죽은 사람의 몸에 손을 집어넣다니?

그러나 은태림은 나태영이 어떤 시선으로 자길 보든 말든 상관하지 않고 이번에는 죽은 약재상의 몸을 둘러보았다. 그의 미간에 굵은 주름이 졌다.

"어쩌면 혁이가 맞았을지도 모르겠어."

"혁이 형이요?"

나태영은 깜짝 놀랐다.

아까까지만 해도 분명 남궁혁의 코를 납작하게 만들어 주리라 불타고 있던 은태림이 아닌가.

지금까지의 소탈한 모습과는 꽤 달라서, 나태영은 은태림이 저래 봬도 자존심이 꽤 강하구나 싶었다.

대체 뭐가 발견됐길래 무림맹의 정보와 자신의 주장이 틀렸을지도 모른다고 하는 걸까.

은태림이 나태영을 바라보며 금진차의 시신을 가리켰다.

"금진차는 오늘 죽은 게 아냐. 적어도 삼 일. 아니, 오 일도 전에 죽었어. 옷 안에 부패해 가는 살이 만져졌지. 약재태우는 냄새 사이로 나던 괴이한 냄새는 바로 시체 썩는 냄새였어."

소문에 관심이 많은 만큼 세상 모든 것에 대한 호기심이 남다른 그였다.

사람의 죽음에 대한 것도 마찬가지였다.

그리고 매화전장의 후계자와 화산파의 속가제자 신분을 이용해 각종 사건 사고 현장에 들락거린 덕분에 평범한 사람보다 이런 데 대한 지식이 남달랐다.

금화전장이 은태림을 속이기 위해 애를 썼지만 이미 부패가 진행된 시신을 복구시키는 건 불가능했다.

"반대로 약재상 주인은 오늘 죽은 게 맞아. 그리고 흉부에 침으로 찌른 자국이 있었어. 하지만 금진차는 없었지. 다른 날짜에 죽은, 다른 사인을 가진 두 사람이 한 장소에 있다? 이건 너무 이상해."

"그, 그치만 여기 마교의 장부가 있던 건 확실하잖아요?"

"그것도 그래. 마교가 장부를 책상 위에 엎어 놓을 정도로 허술할 거라고 생각하지 않아. 마교 측에서 꼬리를 자르기 위해서 이들을 죽였다면 아무리 사소한 장부라도 다 가져가거나 태워 버렸을 거야. 그런데 이걸 우리 보라고 빤히 놔뒀다니. 냄새가 나."

나태영은 눈을 동그랗게 뜨고 은태림의 말을 듣고만 있었다.

은태림의 추리 속도를 나태영이 따라가기란 버거운 일이었다.

그런 그를 위해 은태림이 상황을 정리해 주었다.

"우리가 금진차의 시신을 발견하고, 마교의 장부를 발견했다는 수준에서 멈춰 주길 바란 누군가가 있는 거야. 정보가 샌 거지. 혁이가 맞았어."

은태림은 손을 툭툭 털고 약재상의 정문으로 나섰다. 입맛이 썼다. 그렇게 큰소리 땅땅 치고 나왔는데.

하지만 그보다 중요한 것은 잘려진 꼬리가 아니라 몸통을 잡는 거였다.

아무래도 별채로 돌아가는 게 좋을 것 같았다.

남궁혁이 대체 여기가 잘려진 꼬리라는 걸 어떻게 눈치챘는지는 모르겠지만, 어쨌든 알고 있었으니, 은태림과 나태영이 여기서 삽질을 하고 있는 동안 뭐라도 대책을 세워 났겠지.

'남궁혁. 대체 뭐하는 녀석이야?'

은태림은 늘 피식 웃고 마는 남궁혁의 얼굴을 떠올리며 중원 최고의 난제를 생각하는 듯한 표정을 지었다.

녀석에 대해서는 늘 신기한 일이 벌어지곤 하지만 이건

감의 차원이라고 하기 어려웠다.

직감으로 유명한 은태림조차 눈치 못 챘던 일이 아닌가.

팽천룡이 어느 날 나직이 말했듯, 녀석이 뭔가 '특별한' 비밀을 숨기고 있을지도 모른다는 생각이 들었다.

그냥 무림의 기연과는 비교할 수도 없는; 그런 비밀.

"일단 별채로 돌아가자. 혁이와 같이 움직여야겠어."

은태림이 뒤따라 나온 나태영을 돌아보며 말했다.

"혁이 형, 저기 있는데요?"

"뭐?"

은태림은 나태영이 가리킨 한 점을 향해 빠르게 고개를 돌렸다. 상당히 먼 거리에서 뭔가가 지붕과 지붕 위를 빠르게 움직이고 있었다.

은태림도 인형 정도는 알아볼 수 있었지만, 누군지 확신하는 건 수련이 부족한 그로서는 불가능한 일이었다.

대신 수련만큼은 성실하게 해 온 나태영이 안력을 돋워 그들을 다시 한 번 확인했다.

"천룡 형도 있어요. 어디 가시는 거지?"

"태영, 따라가자!"

은태림이 먼저 발을 굴러 지붕 위로 신형을 쏘았다. 나태영도 뒤늦게 후다닥 그의 뒤를 따라갔다.

항주의 높디높은 전각들 위로 수 명의 사람들과 그 뒤를 쫓는 남궁혁과 팽천룡, 그리고 그들을 쫓는 은태림과 나태영의 행렬이 이어졌다.

*   *   *

금화전장에서 나온 수상쩍은 이들을 쫓아온 남궁혁과 팽천룡은 한 민가의 지붕에 숨어 있었다.

놈들은 흑의에 두건, 얼굴의 반을 가린 수건은 코까지 가려 드러난 거라곤 두 눈동자밖에 없는 모습.

누가 봐도 수상쩍은 놈들이다.

게다가 기척을 죽이는 솜씨도 상당했다. 만만히 볼 수 없는 실력을 가진 게 틀림없었다.

처음에는 의아해하며 남궁혁을 따라 달리던 팽천룡도 그들의 움직임을 살핀 후 생각을 달리 먹었다.

저들이 남궁혁의 추측대로 마교와 관련 있는지는 모르겠지만, 금화전장이 뭔가 수상쩍은 일을 하려는 건 확실해 보였다.

놈들은 남궁혁과 팽천룡처럼 저 건너편 거리에 있는 민가의 지붕에 몸을 숨긴 채였다.

남궁혁은 놈들의 생각을 추측해 보려고 애를 썼다.

금화전장이 내보낸 놈들이니 마교와 관련 있는 행사를

하려는 건 분명했다.

그치만 금진차를 제거하거나 하기엔 놈들의 실력이 금진차에게 너무 과분했다.

뭔가 다른 꿍꿍이가 있는 게 틀림없었다.

열 명 전후의 규모. 정체를 하나도 드러내지 않겠다는 의지가 담긴 복색. 특색이 없는 무기들.

떠오르는 건 하나밖에 없었다.

습격. 그리고 납치.

어딘가를 습격하려는 것일까?

그렇다면 어디를?

순간 남궁혁이 한 방향을 매섭게 노려보았다.

또다, 그 순수한 마기.

자무군주를 만났던 산에서 느낀 그 마기가 한 장원에서 나타났다가 다시 사라졌다.

팽천룡은 역시나 지난번과 마찬가지로 그 마기를 느끼지 못한 모양이었다.

한적한 민가뿐인 항주의 외곽 지역. 그 장원은 이 주변에 있는 것 중 가장 컸다.

경비는 꽤 한산했지만, 느껴지는 바로는 상당한 고수가 곳곳에 포진해 있었다.

하지만 무림과 관련 있는 곳은 아닌 것 같았다.

장원 사이사이로 흰 옷을 입고 검은 관을 쓴 사람들이 돌아다녔으니까.

남궁혁에게는 익숙한 복색이었다. 민도영이 남복을 하면 딱 저런 모습이었으니.

그 말인즉, 저기 있는 사람들은 글공부하는 서생들이라는 뜻이었다.

장원의 고풍스러움이나 장원을 지키고 있는 자들의 기세로 미루어보아 평범한 서생들의 글공부 장소는 아닌 것 같지만.

흑의인들은 쉽사리 움직이지 않았다.

무슨 때라도 기다리고 있는 걸까?

습격이라면 밤을 기다리고 있을지도 모른다.

아니면 내부에 있는 고수들을 독 등으로 마비시킬 계획을 준비하고 있는 걸지도.

남궁혁과 팽천룡이 그들의 기척에 온 집중을 다 쏟고 있을 때, 누군가 그들의 뒤로 다가왔다.

"누구—"

"우리야, 우리."

검을 뽑으려던 남궁혁이 상대를 확인하고 한숨을 푹 내쉬었다.

은태림과 나태영이었다.

은태림은 머쓱한 얼굴로 남궁혁의 옆으로 다가왔다.

"왜 왔어? 약재상은?"

남궁혁이 작게 내뱉었다. 꽤 퉁명스러운 말투에 은태림은 더 민망해졌다. 그래도 할 말은 해야 했다.

"네 말이 맞았어."

"뭐가 맞았는데?"

"거긴 함정이었어. 마교의 지부였던 건 맞는 거 같지만, 우리가 그걸 찾은 거에 만족하고 떠나도록 조작한 꼬리라고나 할까. 아무튼 그런 곳이었어."

과연 은태림. 남궁혁에게 화가 나서 뛰쳐나가긴 했지만 그 판단력까지 둔해지진 않았던 모양이다.

"미안해. 너를 못 믿어서."

게다가 깔끔한 사과까지. 남궁혁은 피식 웃으며 은태림의 어깨를 두드렸다.

"그 정도 가지고. 네가 화를 낼 만도 했지. 나도 말이 너무 심했어."

"그러면 이제 둘 다 화해한 건가?"

팽천룡이 끼어들었다.

흑의인들의 동태를 주시하면서도 그들의 대화를 다 들은 모양이었다.

그의 목소리에는 약간의 안도가 깃들어 있었다.

아무래도 오랜 친구인 은태림과 새로이 마음에 든 남궁혁이 싸운 것이 내심 마음에 걸렸던 모양이다.

"혁이랑은 화해했는데 너한텐 아직 좀 삐져 있어. 망설임도 없이 혁이를 선택하다니. 이 나쁜 놈."

은태림이 팽천룡의 어깨를 주먹으로 툭 쳤다. 말은 삐졌다고 하지만 앙금이라곤 전혀 없는 얼굴이었다.

"너 때문에 태영이만 고생했네. 거기 별다른 건 없었어?"

"있었지."

"뭔데?"

"금진차의 시신."

순간 남궁혁과 팽천룡 둘 다 은태림을 돌아보았다.

금진차가 거기 있었다고? 그것도 시신의 상태로?

"그게 무슨 소리야? 자세히 설명해 봐."

"그러니까 그게……."

은태림은 그들에게 약재상에서 봤던 모든 것에 대해 설명했다.

죽은 시일이 차이 나는 두 구의 시신. 수상쩍은 마교의 문서들. 그리고 그 모든 걸 방치해 놓은 마교까지.

남궁혁은 은태림의 의심에 고개를 끄덕였다.

"네 말이 맞아. 거긴 함정이야. 우리가 금진차의 시신을 찾고 거기서 만족하길 바란 모양인데."

"그렇다면 이놈들이 노리는 건 뭐지?"

팽천룡이 흑의인들의 방향을 보며 말했다.

그들은 지금까지 놈들이 노리는 게 금진차라고 생각했다.

그런데 금진차가 죽어 있다면, 대체 저들이 노리는 건 누구란 말인가?

『천룡. 우리가 금화전장의 사람들을 쫓아왔다는 얘기는 태림에게 하지 마. 금화전장의 정보를 믿기 어렵다는 것까진 알았겠지만, 본격적으로 금화전장을 의심하고 있다는 말을 해서 좋을 건 없으니까.』

『알았다.』

남궁혁은 팽천룡에게 주의를 주고, 다시 거리 건너편을 바라보았다.

"뭘 노리는지나 알아야 놈들을 쫓든지 해치우든지 하지…… 일단 저 장원을 노리는 건 분명해 보이는데."

흑의인들의 기척이 장원을 둘러싸는 형태로 흩어지는 걸 느낀 남궁혁이 중얼거렸다.

그제야 은태림이 남궁혁이 말한 장원을 바라보았다. 그는 그곳이 어디인지 아는 듯 눈을 빛냈다.

"저긴 서원이야."

"서원?"

서생들이 돌아다니는 것으로 봐서 대충 짐작은 했지만 진짜 서원이었다니.

"무슨 일개 서원 경비 실력이 저렇게 어마무시해?"

남궁혁이 미간을 찌푸렸다.

흑의인들의 기척을 느끼기라도 한 건지, 서원 안에 있는 고수들이 강렬한 존재감을 내뿜기 시작했기 때문이다.

무림에서도 쉽게 보기 어려운 실력자들인 게 틀림없었다.

"그냥 서원이 아니야. 황옥서원, 한림원 대학사를 지냈던 분이 운영하는 곳이지."

"한림원 대학사?"

"현 황제가 태자일 때 스승이었던 사람일걸? 그 문하에서 한림원 학사를 여럿 배출한 건 물론이고, 각계 요직으로 진출한 사람도 많아. 해명 형님도 저기서 한 때 수학했지."

"아하, 그래서 무림문파도 아닌데 고수가 있었구나."

"아마 황실에서 파견한 금위군일 거야. 황제가 직접 서원의 이름을 내려 줄 정도로 위세 있는 곳이니까."

어릴 때부터 항주에 자주 놀러와 아는 것이 많은 은태림이 주절주절 서원에 대해 늘어놓았다.

"어떻게 할 거지? 놈들이 습격하는 때를 맞춰 끼어들 건가, 아니면 놈들을 쫓아가 근거지를 파악할 건가."

팽천룡이 어떤 행동을 취할지에 대해 물었다.

남궁혁은 생각에 잠겼다.

일단 금진차는 죽었다. 그리고 서원 안에는 무척이나 순수한, 지나치게 순수해서 오히려 자연지기로 오해할 수준의 마기를 가진 존재가 있다.

그리고 흑의인들은 서원을 습격하기 위해 포위망을 형성하고 있고.

대체 저 안에 있는 사람은 누굴까?

저런 범상치 않은 장소에 있는 걸 보면 신분이나 지위도 만만치 않을 것이다.

그런 사람을 왜 마교가 쫓는 걸까. 같은 마교의 사람일 텐데.

"어서 결정을 내려라."

놈들이 점차 포위망을 좁히고 있다는 것을 느낀 팽천룡이 조급하게 말했다.

"일단 놈들이 노리는 게 누군지 확인하는 게 좋을 거 같아."

"그걸 어떻게 알아봐? 저 서원은 몰래 들어갈 수도 없다고. 금위군이 지키는 곳에 몰래 들어가려다 걸리면 아무리 무림맹이라고 해도 손을 써 주기 어려워."

"그렇다면 정면으로 들어가면 되지."

"정면으로?"

은태림이 미간을 찌푸렸다. 남궁혁이 말하는 바가 뭔지 몰라서는 아니었다.

서원을 방문한 손님으로서 정문을 통과하자는 말이었다.

"무슨 소리야. 저긴 황옥서원이라고. 나나 천룡의 신분으로도 감히 들어갈 수 없어. 저기서 수학한 해명 형님조차 며칠 전에 연락을 넣어서 미리 방문 허락을 받아야 한다고."

"그리고 그 수는 좋지 않다. 그러면 놈들의 목적이 뭔지 알 수 없으니까. 놈들이 원하는 바를 취하도록 내버려 둔 후 따라가는 쪽이 마교의 근거지를 발견하기에는 훨씬 나은 선택이다."

은태림에 이어 팽천룡이 말했다.

"알아. 그렇다고 엄한 사람이 험한 꼴 당하는 걸 볼 순 없잖아?"

어차피 남궁혁은 마교의 지부가 어딘지 알고 있었다.

바로 자신들이 머무는 금화전장, 금림상단이 아니던가.

놈들을 쫓아 은태림에게 전장의 실체를 보여 주는 것도 나쁘진 않겠지만, 그보단 놈들이 노리는 대상에 대한 호기심이 생겼다.

적의 적은 동지라고 했으니까.

게다가 그 대상의 신분 등을 미루어보면 생각 이상의 수확을 얻을 수 있을지도 몰랐다.

남궁혁이 민가의 뒤로 훌쩍 뛰어내렸다.

나머지 세 사람도 남궁혁을 따라 땅바닥으로 내려왔다.

'뭐라도 생각이 있겠지. 아무 생각 없이 움직이는 녀석은 아니니까.'

아까 마교의 지부에 대한 일도 있었던 탓에 은태림은 더 이상 따지지 않고 남궁혁의 뒤를 따랐다.

네 사람은 아무렇지 않게 황옥서원으로 향했다.

마치 처음부터 흑의인을 쫓아온 게 아니라 황옥서원을 찾아온 사람들 같았다.

황옥서원(黃玉書院).

정문에 붙어 있는 현판의 필체는 그야말로 힘과 위엄이 넘쳤다.

어쩌면 황제가 직접 내려 준 현판이 아닐까?

거기에 갑주를 차려 입은 경비병까지.

서원 내부에 있는 금위군의 고수들에 비하면 부족하지만, 평범한 서원의 정문을 지키기에는 아까운 무인이었다.

범인이라면 현판과 경비병의 기세만으로 근처에 얼씬도 못할 것 같은 분위기.

하지만 남궁혁은 아무렇지도 않게 다가가 말을 걸었다.

화경의 무인이 이 정도 위압감에 주눅 들 리가 있나.

"안녕하세요. 저는 남궁혁이라고 하는데, 서원에 들어가 볼 수 있을까요?"

남궁혁의 말에 경비병들이 고개를 돌렸다.

"대학사님과 약속이 되어 계시는가?"

"아니요. 항주에 처음 왔는데 이곳에 유명한 학자가 계시다고 해서 얼굴이나 뵐 수 있을까 싶어 왔습니다."

남궁혁이 웃으며 답했다. 하지만 경비병은 미소로 화답해 줄 생각이 없어 보였다.

"이곳은 대학사님이 미리 허락한 분들만 들어올 수 있는 곳. 너 같은 어중이떠중이가 올 만한 곳이 아니다. 썩 물러가거라!"

경비병은 위협적인 어조로 들고 있는 창을 바닥에 쾅! 소리 나게 찍었다.

그러나 그 정도로 쫄 남궁혁이 아니었다.

"그건 곤란한데요. 저는 꼭 이 안에 들어가야 해서요."

"무어라?"

경비병은 눈살을 찌푸렸다.

이런 이들이 아주 없는 것은 아니었다.

대부분은 그냥 무뢰한이었기에 경비병의 실력으로도 능히 쫓아낼 수 있었다.

하지만 가끔 그들이 상대하기 어려울 정도의 실력을 갖추어, 서원 내부의 실력자들이 나서야 할 때가 있었다.

바로 무림인들을 상대할 때였다.

남궁혁 일행의 옷차림. 숨기지도 않고 무기를 지닌 모습. 누가 봐도 무림인이 틀림없었다.

경비병은 무림인을 싫어했다. 나라의 규율과 법을 무시하고 황제를 백안시하는 놈들!

"감히 황실에서 파견된 금위군을 뚫고 이 안으로 들어가겠단 말이더냐. 황제 폐하의 진노가 네놈을 향할 것이다!"

경비병의 창끝이 빠르게 남궁혁의 목을 노리고 쇄도했다.

상대가 무림인이라면 실력이 일천한 그가 할 수 있는 건 선공뿐이었다.

"아니, 그러려는 게 아니구요!"

남궁혁이 목소리를 높였다. 그러면서도 한 발짝. 단 한 발짝으로 경비병이 내지른 창의 범위에서 벗어났다.

경비병이 긴장했다. 어린놈이지만 보통내기가 아니었다.

호각을 부는 것이 좋을까. 그가 고민하고 있을 때, 이쪽으로 다가오는 조용한 발소리가 들렸다.

"무슨 소란이냐."

"천 학사님!"

고고한 인상을 가진 중년의 학자가 이쪽을 향해 다가오고 있었다.

경비병이 천 학사라 불린 목소리의 주인공을 향해 빠르게 다가갔다.

그리고 남궁혁들과 사이에서 그를 보호하려는 듯 버티고 섰다.

은태림이 남궁혁의 뒤에서 한숨을 쉬었다.

정문으로 들어가자고 하기에 무슨 수가 있나 해서 따라왔더니.

이렇게 될 바에야 차라리 은태림이 나서는 편이 좋을 뻔했다.

매화전장은 나름 황실에 친분 있는 인사들이 있으니까.

그때, 남궁혁이 천 학사라는 인물에게 아는 척을 했다.

"혹시 천문협 학사님 되십니까?"

"차림으로 보아 무림인인 것 같은데, 나를 아시는가?"

천문협은 의외라는 눈빛으로 남궁혁을 바라보았다.

한림원 시절 금위군들과도 별다른 친분이 없던 그였다.

스승을 따라 항주로 하야한 이후로도 무림과 친분을 가질 일은 없었다.

그런데 이토록 젊은 자가 자신의 이름을 알다니?

"민도영 학사께 말씀을 많이 들었습니다."

민도영의 이름이 남궁혁의 입에서 나오자 천문협의 얼굴에 감탄이 어렸다.

"호오, 민 학사를 알고 있나?"

"네. 그녀는 지금 저희 가문을 위해 일하고 있습니다."

남궁혁이 공손하게 대답했다.

이게 바로 남궁혁이 믿는 바였다. 황옥서원의 정문을 당당히 통과할 열쇠.

남궁혁은 민도영이 한림원에 있던 시절, 현 황제에게 신임 받는 전대 한림원 대학사가 그녀의 뛰어난 재능을 아꼈다는 사실을 알고 있었다.

대학사의 수제자인 천 학사라는 자 또한 민도영을 기꺼워했다는 것도.

그 대학사가 수제자와 함께 하야해서 서원을 차렸다는 말까진 들었지만 그 이름이 뭔지는 정확히 모르고 있었다.

은태림이 서원의 세세한 정보를 얘기해 준 덕분에 알게 된 것이다.

"자네가 바로 말로만 듣던 남궁혁인가 보군."

"저를 아십니까?"

이번에는 남궁혁이 놀랄 차례였다.

천문협은 그 고아한 얼굴에 부드러운 미소를 띠었다.

"민 학사가 남궁장인가로 간 이후 간혹 안부를 전해 왔다네. 자네에 대한 얘기는 빠진 적이 없었지."

뜻밖의 곳에서 듣는 민도영의 얘기에 남궁혁의 얼굴에도 미소가 어렸다.

무림맹 비무 대회에 이어 천무대의 일을 맡느라 꽤 오랫동안 민도영의 얼굴을 보지 못했다.

게다가 남궁혁의 부재로 바쁜 모양인지 최근에는 서신도 자주 주고받지 못했다.

마음 같아서는 그와 민도영에 대한 얘기를 나누고 싶었지만 지금은 때가 아니었다.

"민 학사가 따르기로 한 인물이라면 믿을 수 있지. 들어오게."

"감사합니다."

항주의 고위 관료가 와도 쉽사리 통과하지 못하는 황옥서원의 문이 남궁혁의 앞에 활짝 열렸다.

남궁혁과 일행들은 천문협의 뒤를 따랐다.

은태림과 팽천룡, 나태영은 이제 남궁혁이 만드는 이 신기한 일들에 꽤 익숙해진 듯했다.

그래도 황옥서원의 사람들과 연결 고리가 있을 줄이야. 그건 은태림도 의외였다.

"그래, 무슨 일로 본 서원을 찾으셨는가? 혹시 스승님께 전하는 민 학사의 서찰이라도?"

『실은 이 주변에 수상쩍은 이들이 서원을 포위하고 있습니다.』

천문협이 걸음을 멈추고 우뚝 섰다.

신기하게도 머릿속에 울리는 이것이 무림인들이 쓰는 전음이라는 것은 알고 있었다.

그런데 그 내용이 심상찮은 것이다.

황제가 하사한 금위군이 지키고 있는 이곳을 감히 누가?

그의 의문에 답하듯 남궁혁의 전음이 이어졌다.

『혹시 사특한 자들이 찾는 것을 숨기고 계시진 않은지요?』

천문협의 얼굴이 딱딱하게 굳었다.

그는 돌아서 남궁혁을 바라보았다. 민도영의 이름을 듣고 선뜻 그들을 서원 안으로 받아들인 것이 실수라는 생각이 들었다.

"무엇을 알고 온 겐가. 허튼짓을 했다간 이곳에 있는 금위군들이 가만히 있지 않을 걸세."

『저희는 아는 게 없습니다. 다만 사특한 자들이 뭔가를 노리고 있고, 그게 이 서원 안에 있다고 추측할 뿐입니다.』

남궁혁은 애가 탔다.

금화전장의 흑의인들이 이곳을 포위한 지 시간이 꽤 지났다.

언제 들이닥칠지 알 수 없는 상황.

민도영의 이름을 댔는데도 이렇게 협조가 어렵다니.

대체 이 서원 안에 뭐가 있는 거야?

『저희는 그들을 막기 위해 파견된 무림맹의 사람들입니다. 저희를 믿어 주십시오.』

남궁혁이 재차 말했다. 하지만 천문협의 얼굴은 쉽게 펴지질 않았다.

한참 동안 고민하던 그는 다시 입을 열었다.

긍정적인 답을 기대했지만 돌아온 건 거절을 내포한 말이었다.

"아무래도 어렵겠네. 금림상단이 신신당부한 일이라."

"금림상단이요?"

아니, 여기서 금림상단이 왜 또 나와?

남궁혁은 슬슬 머리가 아파지기 시작했다.

금림상단이 맡긴 뭔가를 금화전장의 흑의인들이 찾고 있다고?

어쩌면 지금 남궁혁이 쫓아온 게 마교의 일이 아니라, 단순히 각 씨 형제의 분쟁과 관련된 일일지도 몰랐다.

이거 혹시 헛발 짚은 거 아니야?

금화전장이 마교의 지부라는 걸 알고 있었기 때문에 놈들의 움직임이 마교의 일이라고 철석같이 믿고 따라왔는데!

지금이라도 돌아갈까 남궁혁이 고민하는 사이, 은태림이 앞으로 나섰다.

"저는 각 씨 가문과 의형제의 연을 맺고 있는 매화전장의 은태림입니다. 해명 형님이 맡긴 것이라면 저도 지켜야겠습니다. 문제가 생긴다면 제가 해명 형님께 사죄할 테니, 부탁드립니다."

은태림이 천문협에게 고개를 숙였다.

금림상단과 매화전장의 친분은 천문협도 알 만큼 유명했다.

그런 그가 도움을 주고 싶다는 데 말릴 명분이 없었다.

"……좋네. 더 이상 숨길 수가 없겠군. 따라오시게. 그녀는 후원에 있다네."

"그녀요?"

물건 같은 걸 보관하고 있는 게 아닐까 했는데 사람이라니?

"각 행수가 부탁한 것은 한 명의 여인이네. 존함은 주아흔이라고 하지."

"주아흔이요?"

남궁혁이 눈을 번쩍 떴다.

주아흔이라니. 자무군주가 찾아다니던 그 친구의 이름이 아닌가.

그녀를 항주의 황옥서원에서 찾게 되다니.

그렇다면 그녀가 황옥서원에 있는 이유도 짐작이 갔다.

자무군주가 말하길 주아흔 그녀도 황족의 친족 중 하나라고 했다.

그쯤은 되는 여인이니 황옥서원에 머물고 있는 것이리라.

남궁혁들은 문천협의 뒤를 따라 서둘러 후원으로 향했다.

마교와 관련된 일이 아니라면 발을 뺄까 생각했던 남궁혁도 그랬지만, 주아흔이라는 말에 팽천룡의 움직임도 빨라졌다.

초상화만으로 냉막한 그의 마음을 흔들었던 그녀, 주아흔.

그녀를 직접 보게 될 줄이야.

남궁옥을 사모하면서도 거의 반응한 적 없었던 심장이 두근 뛰었다.

'한 번도 본 적 없는 여인을 상대로 이게 무슨……'

그렇게 생각하면서도 팽천룡은 일행의 가장 앞에서 뛰다시피 걸었다.

그때 뭔가가 담장 너머에서 휙 날아왔다. 폭약이었다.

순식간에 바닥에 닿은 폭약이 터지기 시작했다.

쾅! 쾅쾅! 콰과과광

황옥서원은 순식간에 연기와 폭약 냄새로 가득 찼다

무림맹 비무 대회에서 터졌던 것과 동일한 폭약이었다. 놈들이 마교의 무리라는 건 맞는 모양이었다.

여기저기에서 터져 나오는 소리에 서원의 서생들이 부랴부랴 뛰쳐나왔다.

"이게 무슨 난리더냐!"

서원의 주인이자 대학사로 추측되는 연로한 학자도 겨우 밖으로 뛰쳐나왔다.

"대학사를 지켜라!"

"유림들을 보호해라!"

한쪽에서 금위군들이 대학사가 있는 방향으로 몸을 날렸다.

근처에서 터지는 것들은 연막탄이나 약한 마비독에 불과한 것 같지만 서생들에게는 파편조차도 위험할 수 있는 상황.

'놈들은 이럴 계획이었던 건가!'

금위군들의 일은 대학사를 위시한 서생들을 지키는 것.

지금 같은 상황이 터지면 후원에 있는 주아흔은 호위 순서가 밀릴 수밖에 없다.

과연, 후원 쪽에서 챙! 챙! 병장기 부딪치는 소리가 나기 시작했다.

"가자, 천룡!"

"음!"

남궁혁과 팽천룡이 먼저 움직였다.

나태영도 곧바로 뒤를 따랐고, 은태림은 후원은 자기들이 가 보겠다고 천문협에게 말한 후에야 그 뒤를 쫓아갔다.

＊　　＊　　＊

후원은 더더욱 난장판이었다.

주아흔은 밖에서 들려오는 병장기 소리에 침을 꿀꺽 삼켰다.

그녀의 희디흰 얼굴에는 긴장한 기색이 역력했다.

황실의 비호를 받고 있는 황옥서원이라면 저들이 쳐들어오지 못할 줄 알았는데.

아무래도 그녀는 자신이 평생을 몸담아 온 교를 너무 얕봤던 모양이었다.

"크악―!"

또 한 명의 금위군이 쓰러지는 비명 소리가 들려왔다.

주아흔이 몸을 의탁하고 있는 별채를 지키는 금위군은 총 다섯.

실력은 절정에서 초절정 사이. 부족함이 없는 이들이다.

하지만 마교의 수법이라면 이조차도 턱없이 부족하다는 것을 그녀는 잘 알았다.

마음 같아선 그녀도 검을 빼 들고 싸우고 싶었다.

다섯 살 때 마신의 계시를 받은 후, 이십 년 동안 마신녀로 자라 온 그녀에게는 충분히 그럴 만한 능력이 있었다.

하지만 그렇게 되면 자신의 마기를 드러내야만 한다.

그녀는 무림의 비밀지부에 있는 마인들처럼 자신의 마기를 숨기는 법을 몰랐다.

평생을 마교에서 살았고, 앞으로도 그럴 것이라 생각했기에.

"또 도망치는 수밖에…… 없는 것인가."

주아흔은 체념한 듯 자신의 간소한 짐을 챙겨들었다.

마교에서 탈출하기로 마음먹은 이후 매일매일이 도망의 연속이었다.

그녀의 아버지는 자신 하나를 살리기 위해 마혈당주라는 이름하에 보장된 부와 권력, 명예를 버렸다.

일가족 모두가 주아흔 하나를 살려 보내기 위해 목숨을 바쳤다고 해도 과언이 아니다.

그녀를 호위하며 중원까지 왔던 이들도 이제 다 사라졌다.

마교의 화염산에서 가장 멀리 떨어진 곳이나 다름없는 항주에서조차 도망친다면, 자신은 이제 어디로 가야할지.

"보타암이나 가 볼까. 거긴 여자들만 있다고 하니까 조금은 덜 외롭겠지, 후훗."

주아흔은 체념 어린 미소와 함께 창문을 열었다.

이제 쫓기고 쫓기다 못해 더 이상 도망칠 곳도 없는 섬을 생각하는 자신의 처지가 우스웠다.

그러면서도 그녀는 마교를 나올 때부터 소중히 간직해 왔던 작은 철 궤짝을 단단히 품 안에 넣고 창문을 열었다.

주 씨 일가의 모두가 죽음을 각오했을 때부터 몸에 감았던 검은 옷자락을 제비처럼 흩날리면서, 마교의 천마신녀 주아흔은 빠르게 창문 너머로 신형을 날렸다.

주아흔의 움직임은 밖에서 요란하게 싸우고 있던 이들의 눈에도 포착됐다.

주아흔이 숨어 있던 건물의 밖에서는 초절정 수준의 금위군 한 명과 남궁혁들이 흑의인과 대치하고 있었다.

개개인의 실력은 그리 뛰어나지 않으나, 남궁혁이 비무대회에서 상대했던 것처럼 합격술만큼은 월등한 놈들이었다.

어느 한쪽도 쉽게 주도권을 갖고 오기 어려운 상황. 그 틈을 타서 주아흔이 도망친 것이다.

"목표가 도주한다!"

"절반은 나를 따르라! 나머지는 놈들을 막아라!"

흑의인의 대장으로 보이는 자가 다섯 명을 이끌고 주아흔의 뒤를 추격했다.

"어딜!"

남궁혁이 쫓아가라고 말하기도 전에 팽천룡의 도가 시푸른 도강을 무지막지하게 뽑아내더니, 눈앞의 흑의인을 단숨에 베어 버리고 놈들을 쫓았다.

"천룡! 혼자는 위험해!"

팽천룡이 만든 틈으로 은태림이 그의 뒤를 쫓았다.

남궁혁은 검을 휘두르며 걱정스러운 눈으로 그들을 쫓았다.

여기는 금위군도 있고, 실력도 나쁘지 않은 나태영에 자신까지 있지만 저쪽은 팽천룡에 실력으로 치자면 조금 부족한 은태림 단둘뿐.

'빨리 쫓아가야겠군.'

남궁혁의 검에서 서슬 퍼런 검강이 하늘을 가를 듯 솟구쳤다.

놈들의 합격은 분명 사람을 옴짝달싹 못하게 하는 데 상당한 위력을 발휘했다.

하지만 그건 특정 숫자가 갖춰졌을 때나 가능한 모양이

었다.

한 명을 가두는 데는 세 명, 두 명을 가두는 데는 다섯 명과 같은 식이었다.

흑의인 열 명 중 다섯 명이 빠지자마자 팽천룡이 틈을 만들어 달려 나간 것만 봐도 알 수 있었다.

지금 상황은 흑의인 네 명에 남궁혁과 나태영, 그리고 별로 도움은 안 되지만 금위군 하나.

놈들의 합격진이 최고의 효율을 낼 수 없는 상황이었다.

그리고 팽천룡이 했다면 남궁혁도 할 수 있었다.

짙푸른 검강이 사정없이 휘몰아쳤다.

풍류검의 검식에 따라 버드나무 이파리처럼 날카롭게 갈린 검강들이 폭우처럼 쏟아졌다.

다수의 적을 상대할 때 남궁혁이 주로 사용하는 검식!

흑의인들은 다양한 방향에서 흩뿌려지는 검강 이파리를 막아 내기 위해 고전했다.

하지만 그들의 검에 두른 붉은 마기로는 남궁혁의 순수한 검강을 막아 내기에 무리가 있었다.

파악—!

"으아악!"

흑의인 한 명의 검이 산산이 부서져 공중으로 비산했다.

마기가 검강을 이기지 못한 것이다.

거기에 검강을 쏘아 보내는 남궁혁이 흑의인들의 무기를 파괴하기 위해 세심한 조절을 가한 것도 있었다.

남궁혁의 무기 파괴에 당한 흑의인이 제 팔을 부여잡고 바닥을 구르며 고통에 신음하는 사이, 나머지 두 명에게도 가열찬 공격이 이어졌다.

『어쩌지? 우리 둘만으로는 이놈을 막지 못해!』

『그래도 어쩔 수 없다. 우리의 임무는 놈들을 막는 것. 마신녀를 추격한 교인들이 임무를 잘 완수해 줄 것이다. 찰나라도 놈을 붙들어 두자!』

그러나 흑의인들의 다짐은 헛된 바람이 되었다.

남궁혁이 한 번 더 검강을 뽑아 올렸기 때문이다.

비무 대회에서도 삼 자에 가까운 길이였던 검강은 더 길어지고, 더 넓어졌다.

남궁혁의 검이 자신을 향하는 것도 아닌데 나태영은 그 압박에 숨을 못 쉴 정도였다.

근처에 다가가는 것만으로도 몸이 터져 나가지 않을까?

남궁혁의 실력이 남다르다는 것을, 팽천룡과 남궁옥이 인정할 정도의 고수라는 것을 머리로는 알고 있었지만 직접 체감하는 건 역시 달랐다.

하지만 존경만 하고 있을 순 없었다. 자기도 엄연히 검을 든 무인이니까.

나태영의 검이 소름 돋을 정도로 깔끔한 궤적을 그리며 흑의인을 압박해 갔다.

남궁혁의 검강은 위력적이었지만, 아직 이기어검의 단계에 들어선 것은 아니었기에 검강을 쏘아 보내는 것에 그쳤다.

만약 적의 수가 훨씬 많았다면 효과적이었겠지만, 단 두 놈 밖에 남지 않은 상황에서 풍류검은 오히려 비효율적이라고 할 수 있다.

나태영은 남궁혁을 돕기 위해 흑의인들을 남궁혁의 범위 안으로 몰아넣었다.

아무리 실력이 부족하다지만 그도 공동의 정식 제자.

살갗에 닿기만 해도 근육이 찢어지고 뼈가 갈린다는 공동의 살검이 흑의인들을 궁지에 몰았다.

"크아악!"

"크윽!"

나태영에 이어 금위군 또한 놈들을 몰아넣는 데 가세한 덕분에, 흑의인들은 버드나무 이파리 같은 검강의 공격을 모조리 허용하고 말았다.

그야말로 순식간에 벌집이 되어 버린 모양새.

"아까 그 소저는 우리가 책임질게요!"

남궁혁은 놈들이 무력화되는 것을 확인하자마자 금위군

에게 그렇게 외친 후, 팽천룡들이 달려 나간 쪽을 향해 달렸다.

나태영도 서둘러 그를 따랐다.

팽천룡과 은태림 쪽은 오 대 이의 상황.

남궁혁이 놈들을 물리치는 데 걸린 시간은 촌각에 불과했지만 그들이 곤란한 상황에 빠지기에는 충분한 시간이었다.

남궁혁은 전투 소리가 들려오는 방향을 향해 서둘러 달려갔다.

소리만 듣기에도 저쪽의 상황은 무시무시했다.

천룡의 도강으로 추측되는 것이 대기를 가르는 폭풍 같은 소리가 들려왔고, 그때마다 흑의인들의 것이 분명한 비명 소리가 터져 나왔다.

여인의 비명 소리도 들렸다. 남궁혁의 발이 더욱 빨라졌다. 그러나 아무리 달려도 그들의 모습은 보이질 않았다.

그 잠깐 사이에 대체 어디까지 멀리 간 거야!

마침내 남궁혁은 한 흑의인의 시체를 발견했다.

피가 점점이 이어진 쪽으로 달려가자 친구들의 모습이 눈에 들어왔다.

"천룡! 태림!"

그 순간 마지막 흑의인의 목을 팽천룡이 거칠게 베었다.

피를 분수처럼 쏟아 낸 몸뚱아리는 힘을 잃고 무너져 내렸고, 머리통은 눈을 부릅뜬 채 저 멀리 데구루루 굴러갔다.

그리고 주아흔은 흑의인이 뿌린 피를 온몸에 고스란히 맞은 채 그 자리에 굳어 있었다.

팽천룡이 궁지에 몰려 주아흔을 인질로 잡은 흑의인의 목을 가차 없이 날려 버린 것이다.

팽천룡의 상태도 썩 좋지는 않았다.

상대적으로 실력이 부족한 은태림을 보호하면서 빠르게 놈들을 제압하기 위해 진신전력을 뽑아낸 듯, 얼굴에는 내공을 바닥까지 쏟아 낸 자 특유의 지친 기색이 역력했다.

그런 얼굴을 하고도 그는 서둘러 피범벅이 된 주아흔에게 다가갔다.

"괜찮으십니까."

팽천룡이 주아흔에게 손을 뻗었다.

굉장히 예의 바른 몸짓이었지만 주아흔은 무척 경계하며 날카롭게 소리 질렀다.

"그 손 치워라! 넌 누구냐!"

팽천룡은 손을 물리고 그녀를 물끄러미 바라보았다. 초상화에서 봤던 그대로였다.

피에 젖어 오히려 아름다움은 초상화보다 덜하건만, 아

름다움은 애초에 중요한 것이 아니었다는 듯 그의 눈은 주아흔에게 단단히 고정되어 있었다.

연모, 그보다 더욱 강렬한 이끌림.

팽천룡은 그런 가슴의 떨림을 애써 가라앉히며 차분하게 답했다.

"안심하십시오, 주 소저. 우리는 자무군주의 부탁을 받았습니다."

"군주의?"

"천룡! 너 괜찮아?"

남궁혁이 팽천룡에게 다가오면서 외쳤다.

주아흔도 주아흔이었지만 남궁혁에게는 친구인 팽천룡의 안위가 더 중요했으니까.

대체 내력을 얼마나 무식하게 뽑아 휘둘렀기에 얼굴이 저렇게 사색이 된 건지.

팽천룡이 공격에 거침이 없었다는 건 거의 뭉개지다시피 한 흑의인들의 시신만 봐도 알았다.

도강에 썰린 게 아니라 무슨 몽둥이에 얻어맞은 것처럼 뭉그러진 모습들이라니.

저래서야 흑의인들의 정체를 확인할 수도 없을 정도였다.

"괜찮다. 처리를 서둘렀을 뿐이야."

"그래도 저렇게 뭉개 놓으면 정체를 확인할 수도 없잖아."

은태림이 팽천룡의 발치에 떨어진 흑의인의 두건을 벗기며 투덜거렸다.

그도 아주 놀았던 것은 아닌 듯 얼굴에 땀이 배어 있었다.

기회를 봐서 도망치려던 주아흔은 남궁혁의 얼굴을 확인하곤 그 자리에 굳어 버렸다.

어찌 잊을 수 있을까, 저 얼굴을.

마인의 손에 칼을 맞아 무릎부터 무너지던 모습. 고통에 찬 얼굴. 그럼에도 비명 하나 내뱉지 않는 강인함.

매일 밤마다 꿈에서 보았던 그 남자.

지금 주아흔의 눈에 보이는 그는 꿈에 나왔던 이보다 이십 년은 젊어 보였지만 분명 그 남자가 맞았다.

"남궁…… 혁?"

"저를 아세요?"

남궁혁이 그제야 주아흔에게 고개를 돌렸다. 주아흔이 조심스럽게 고개를 끄덕였다.

순간 팽천룡이 따가운 시선으로 남궁혁을 바라보았다.

아이고, 이런 사이에 끼는 건 영 유쾌하지 않은데.

"일단 저를 아신다니까 얘기가 좀 편하겠네요. 자무군주께서 찾고 계세요."

"……그녀에게로는 가지 않습니다. 내 발로 도망친 거니까요."

남궁혁이 침음을 삼켰다. 이건 또 무슨 소리람.

아무래도 주아흔이라는 여자는 뭔가 이것저것 복잡한 일에 얽힌 모양이었다.

이번에 마교가 이전 삶과는 다른 사건을 벌인 이후로는 남궁혁이 모르는 일투성이였다.

이래서야 두 번 삶을 사는 보람이 없군.

"그래도 일단 안전한 곳으로 가셔야 해요. 저희가 모실게요."

주아흔은 남궁혁을 빤히 바라보았다.

혹시라도 거절하면 어쩌나 노심초사했지만 그녀는 고개를 끄덕였다.

"……좋습니다. 하지만 어디로 갈 거죠?"

"저는 매화전장의 은태림이라고 합니다. 저희가 머물고 있는 곳은 금림상단의 별채입니다. 무림맹 항주지부가 바로 옆에 있으니 황옥서원보다 안전할지도 모릅니다. 그리고 애초에 주 소저를 해명 형님이 부탁하셨다지요?"

은태림이 다가오며 말했다. 녀석의 산뜻한 얼굴은 여성의 경계를 낮추기에 적절하니까.

게다가 각해명이 그녀를 부탁한 상황이니 은태림만큼 이 상황에서 나서기 좋은 사람도 없었다.

하지만 주아흔은 고개를 가로저었다.

"그곳으로는 갈 수 없습니다."

"어, 왜죠? 설마……."

순간 은태림의 머릿속으로 안 좋은 가정이 스치고 지나갔다.

이 여자가 설마 각해명의 내연녀인 게 아닐까?

그렇지 않고서야 금림상단의 별채를 놔두고 황옥서원에 의탁할 리가 없지 않은가.

은태림이 생각할 수 있는 나쁜 일이란 그 정도의 범주였다.

그러나 주아흔은 은태림의 예상과 전혀 다른 대답을 내어놓았다.

자신이 믿고 따르던 형님이 형수를 두고 바람을 피웠다는 것과는 차원이 다른, 충격적인 대답.

"그곳은 교의 비밀 지부니까요."

"……뭐라고요? 교요? 비밀 지부?"

은태림이 재차 물었다. 자기가 방금 뭘 들은 거지? 교의 비밀 지부?

지금 이 상황에서 교라고 지칭할 만한 곳은 단 한 곳 밖에 없었다. 마교다.

"정확히는 금림상단이 아니라 금화전장이지만, 두 곳이 한 집안 아래 있으므로 그곳으로 가는 것은 아니됩니다."

"그걸 소저께서 어찌 아십니까."

당황한 은태림 대신 팽천룡이 물었다.

그러나 정작 주아흔은 팽천룡 대신 남궁혁을 바라보며 말했다.

"내 이름은 주아흔. 마신을 모시는 제사장이자 마교의 신녀입니다. 천마신녀라고 부르지요."

"마신녀?!"

"……!"

남궁혁의 입에서 기함과 같은 말이 터져 나왔다.

평범한 여인은 아니라고 생각했지만 마교의 마신녀라니?!

표정을 잘 드러내지 않는 팽천룡마저 얼굴에 그 놀람을 역력히 드러냈다.

이전 생에서 마교의 침공을 겪었던 남궁혁도 마신녀에 대해서는 별로 아는 게 없었다.

마신을 모시며 천마 재림을 기원하는 여인.

대대로 마교 교주의 반려가 되어 교의 신앙을 하나로 모으는 역할을 한다는 정도만 알고 있을 뿐이었다.

"아! 그렇다면 그 산에서 순수한 마기를 흘린 게 설마!"

어떤 깨달음이 벼락처럼 남궁혁의 머리를 스쳤다.

자무군주와 만났던 산에서 느껴진 순수한 마기.

자무군주에게서 도망쳤다는 주아흔. 마신녀라는 그녀의 정체.

그 모든 걸 생각해 보면 그 때 느껴졌던 마기의 주인이 바로 그녀였던 모양이다.

다른 이들은 그 일을 모르니 남궁혁이 무슨 말을 하는지 영문을 모르겠다는 얼굴이었다. 하지만 주아흔은 조용히 고개를 끄덕였다.

"나는…… 나는 믿을 수 없습니다. 당신이 마신녀라면 왜 같은 마교 사람들에게 쫓기고 있는 겁니까?"

은태림이었다. 그는 말을 덜덜 떨면서도 주아흔을 똑바로 보고 물었다.

그래도 아예 거짓말이라고 따지지 않는 건 아까 남궁혁과 약재상의 일 때문일까.

주아흔이 한숨을 푹 내쉬었다.

"자세한 사정을 얘기하자면 깁니다."

"간단하게라도 얘기해 주십시오. 그리고 뭐라도 증거를 보여 주십시오."

주아흔은 섬섬옥수를 뻗어 쓰러진 흑의인 한 명을 가리

켰다. 유일하게 얼굴이 뭉개지지 않은 자였다.

"저 치의 복면을 벗기면 금화전장에 대한 내 말을 믿을 수 있을 겁니다."

그 말에 은태림이 움직였다.

벌벌 떨리는 그의 손이 조심스럽게 복면을 벗겨 냈다.

복면이 벗겨지고 나온 얼굴은 평범한 중년인의 얼굴이었다.

그 얼굴을 확인한 순간, 은태림이 바닥에 털썩 주저앉았다.

남궁혁이 서둘러 그의 곁으로 다가갔다.

"태림? 괜찮아?"

"……맞아. 해평 형님의 수하. 대대로 금화전장을 모셔 온 사람이야."

은태림의 얼굴은 귀신이라도 본 듯 허옇게 질려 있었다.

그가 마기를 뿜어내는 것을 두 눈으로 봤으니 부정할 수도 없었다.

어릴 때부터 자신을 봐 왔던 그가 망설임 없이 자신에게 도를 휘두르던 것도.

무공을 하나도 익히지 않은 전장의 사람이라고만 알고 있었는데…….

"그는 항주 비밀 지부의 연락을 담당하던 자입니다. 본교에도 몇 번 들른 적이 있어 얼굴을 본 적이 있지요."

주아흔은 검은 소매로 얼굴에 굳어 가는 피를 닦으며 나직이 말했다.

"그렇다면 왜 그들에게 쫓기게 된 것입니까."

이번에는 팽천룡이 물었다. 대체 마교의 천마신녀쯤이나 되는 인사가 왜 이들에게 쫓기고 있단 말인가.

정파로 치자면 검후가 무림맹 전체의 추격을 받는 상황이나 마찬가지였다.

그의 질문에 주아흔은 평온하게 대답했다. 마치 별일 아닌 것처럼.

"소교주를 찌르고 교에서 도망쳤으니까요."

"……!!!"

이어지는 고백에 그 자리에 있는 모두가 놀랐다. 그게 사실이라면 이건 정말 보통 일이 아니었다.

복잡하게 흘러가는 상황에 모두 말을 잊은 사이, 주아흔이 재차 입을 열었다.

"제안할 것이 있습니다."

"어떤 거죠?"

주아흔은 남궁혁이 천무대주라는 걸 알지 못하는 게 분명한데도 똑바로 그를 바라보고 말했다.

겉보기로는 팽천룡이나 은태림이 그들의 장이라고 생각할 텐데도.

"당신들이 궁금해하는 많은 걸 알려 드리죠. 대신 나를 보호해 주세요."

"……거절할 수가 없는 제안이네요. 좋습니다."

남궁혁은 최대한 차분하게 대답했지만 속으로는 쾌재를 불렀다.

힘들여 증거를 찾거나 무림맹에 투서를 할 필요도 없지 않나.

마교의 마신녀가 직접 증언했으니까. 거기에 흑의인들의 시신까지 있으니 그야말로 완벽했다.

은태림이 충격을 받은 거야 안됐지만 어차피 거쳐 가야 하는 수순이었다.

오히려 남궁혁의 입장에서는 자신의 입으로 사실을 밝히지 않을 수 있어서 다행이었다.

"얘기가 길어질 것 같군요. 자리를 옮기는 게 좋겠습니다."

"그러죠. 태림, 혹시 아는 곳 없어?"

은태림은 여전히 충격에 빠져 있었다. 하지만 남궁혁의 말에 곧 고개를 털고 자리에서 일어났다.

정말 충격적인 일이긴 했지만 그도 한 집안의 후계자로 자란 인물. 자신의 충격은 뒤로 미뤄 둘 줄 알았다.

"항주 땅에서 두 집안의 눈을 피하는 곳을 찾기는 어려워. 그 두 집안과 거래하지 않는 곳이 없으니까."

"여기서 바로 산을 넘으면 팽가와 친분이 있는 무관이 있다. 나와도 친분이 있으니 비밀을 지켜 줄 거다."

"좋아. 거기로 갈까? 주 소저, 괜찮으세요?"

주아흔이 고개를 끄덕였다. 남궁혁은 준비를 서둘렀다.

무림맹에 보여 줄 증거가 필요했기에 은태림이 확인한 자의 시신을 둘러업고, 발이 빠른 나태영을 보내 황옥서원에 남은 시신들도 창고에 보관할 것을 부탁했다.

"출발하지."

나태영이 돌아오자마자 그들은 팽천룡의 안내를 따라 산길을 빠르게 오르기 시작했다.

第二章
금화전장의 진실

　팽천룡이 말한 무관은 그들이 있던 곳에서 크게 멀지 않
았다.

　한 시진을 달리고 무관에 도착한 후, 팽천룡이 왔다는 소
식을 알리자 관장이 직접 뛰쳐나와 그들을 환대했다.

　그들은 팽천룡의 요구대로 곧 조용한 내실로 안내됐다.

　네 사람은 침묵한 채 각자 뭔가를 생각하고 있었다.

　남궁혁이야 마신녀라는 패를 어떻게 활용할까 생각하고
있었지만, 나머지 세 사람은 정파의 한 축이었던 금화전장
의 진실로 인한 충격을 소화하느라 정신이 없어 보였다.

　드르륵.

이윽고 문 여는 소리와 함께 간단하게 피를 닦아 낸 주아흔이 방으로 들어왔다.

그녀는 그들이 미리 깔아 둔 방석 위에 가 앉았다. 모두의 시선이 주아흔을 향했다.

"그럼 무엇부터 얘기하면 될까요?"

"금화전장에 대해서 들어야겠습니다."

은태림이 평소답지 않은 무거운 어조로 입을 열었다.

어차피 남궁혁이 제일 먼저 들으려 했던 것도 그것이었기에 그는 딱히 은태림을 제지하지 않았다.

주아흔은 잠시 말을 고르고는 자신이 알고 있는 금화전장의 진실에 대해 상세하게 털어놓았다.

"금화전장은 각태성이 전 장주의 딸과 결혼해 전장을 물려받았을 때부터 교의 비밀 지부였어요. 교가 그를 위해 대신 전대 장주를 죽여 주었죠."

남궁혁의 의심과 정확하게 맞아 떨어지는 얘기였다.

이어지는 이야기에 은태림의 얼굴에서는 시시각각 생기가 사라져 갔다.

아무리 매도 먼저 맞는 게 낫다지만 남궁혁이 얘기를 잠깐 멈추고 다른 얘기를 듣는 게 좋을까 고민할 정도였다.

남궁혁도 민도영이 계획적으로 자기 휘하에 들어와서 간자 노릇을 하고 있었다면 지금의 은태림에 준하는 충격을 받았으리라.

"그러면 해명 형님은, 형님이 당신을 부탁했다면서요. 그건 어떻게 된 겁니까?"

주아흔의 말에 따르면 금화전장은 마교의 주구다.

그렇다면 금림상단도 연관이 있을 텐데, 마교에게 쫓기고 있는 주아흔이 어떻게 각해명의 도움을 받은 것인가?

"금화전장은 장자만이 교와의 연대를 물려받게 되어 있어요. 처음부터 그런 계약이었죠. 하지만 각 행수는 그 모든 것을 눈치 채고 있었어요. 그리고 집안과 교의 인연을 끊을 방도를 궁리하고 있었죠. 그러던 와중에 교를 탈출하려는 나와 연락이 닿았던 거고요."

"그렇다면 금림상단은 몰라도 금화전장은 확실히 마교의 지부였던 거군."

"그런 셈이죠. 그는 나를 숨겨 두고 자기 형과 조부를 설득하려고 했어요. 하지만 나를 쫓아온 걸 보면 형제간의 교섭이 결렬된 모양이에요."

주아흔의 말에 남궁혁의 얼굴이 딱딱하게 굳었다.

"큰일인데."

"뭐가요?"

여태 대화에 끼지 못하고 있던 나태영이 물었다.

"지금쯤이면 금화전장에서 주 소저를 못 잡았다는 걸, 그들이 보낸 마인들이 전멸했다는 걸 알 거야. 그리고 누군가에게 당했다는 걸 알겠지. 또 꼬리를 끊으려 들지도 몰라."

"서둘러야겠군."

"무림맹 항주 지부의 도움을 빌리는 건 위험할 거야. 바로 옆에 있고 금화전장과 친분이 있으니까."

충격에 빠진 은태림을 빼고 남궁혁과 팽천룡은 서둘러 작전을 구상했다.

금화전장이 흔적을 지우기 전에 서둘러 놈들을 덮쳐야 했다.

"주 소저. 혹시 금화전장에 남은 마인들이 몇 명이나 있는지 알고 있나요?"

"전부 스무 명이에요. 아까 그 치들을 제외한다면 열 명 전후가 남았겠군요."

"그렇게 안 많네?"

금화전장이 금전을 담당하는 지부라는 것을 생각한다면 무척이나 적은 숫자였다.

"너무 많은 마인이 있으면 의심을 살 테니까요. 오히려 변방에 있는 지부가 마인의 숫자는 많죠. 금화전장의 일은 돈을 대는 것뿐이니까 그 정도면 충분할 거라는 게 마뇌의 판단이었어요."

남궁혁들에게는 오히려 잘 된 일이었다.

"그 정도라면 맹의 도움을 받지 않고 우리로도 충분하다."

"도망치는 놈이 있을 수도 있어. 이 무관 사람들의 도움을 받아서 포위망 정도는 형성하자고."

"좋다. 내가 말하고 오지."

"나도 같이 가."

은태림이 함께 일어났다. 아무래도 충격에서 벗어나기 위해 뭐라도 하려고 하는 모양이었다.

"태영이 너는 무관의 전서구를 빌려서 이걸 맹으로 보내 줘."

팽천룡과 은태림이 나간 후, 남궁혁이 품에서 꺼낸 건 붉은 종이로 된 연통이었다.

긴급 상황임을 알리는 천무대주의 통지서.

이걸 날려 두어야 훗날 맹의 허락을 받지 않고 금화전장을 친 것에 대한 책임을 면하니까.

나태영이 나가고 난 후, 남궁혁은 다시 주아흔에게 고개를 돌렸다.

"당신에게 물어볼 게 이것저것 많은데 시간이 없네요. 그래도 이건 꼭 물어봐야 할 거 같은데요."

"뭐죠?"

"어떻게 우리를 믿고 이런 얘기를 해 주는 거죠?"

"당신들이 안전을 보장해 주면 정보를 제공하겠다고 했잖아요."

"그치만 소저는 우리가 누군지 몰랐잖아요."

남궁혁의 허를 찌르는 말에 주아흔이 움찔했다.

지금까지 남궁혁은 그들이 무림맹 소속이라는 말도 하지 않았다.

팽가와 공동의 무복을 보고 그들에게 의탁했다고 하기에는 근거가 떨어진다.

"우리는 자무군주의 부탁을 받았다고 했을 뿐, 우리가 무림맹 천무대 소속이라는 얘기도 안 했어요. 천룡에게서 도망치려던 당신이 갑자기 정보를 제공하며 우리에게 보호해 달라고 한 이유가 뭔지 궁금해요."

"꼭 얘기해야 하나요?"

"혹시 알아요? 금화전장에 있는 마인의 숫자가 거짓일지도. 우리를 믿는 이유를 알고 싶어요."

서둘러 움직여야 하는 상황이었지만 이건 확실히 해야 했다.

돌다리도 두드리고 건너야 할 판이니까.

말하지 않으면 남궁혁이 꿈쩍도 안 할 기세였기에. 주아흔은 결국 입을 열었다.

"……꿈에서 봤어요, 당신을."

"꿈?"

이건 또 무슨 뚱딴지같은 소리람.

그래도 남궁혁은 주아흔의 이어지는 말에 귀를 기울였다. 마신녀라니까 예지몽이라도 꾼 건가?

"마신녀는 꿈으로 마신의 계시를 받죠. 천마께서는 계속해서 당신의 모습을 보여 주셨어요. 이전 삶의 당신을요."

"뭐라고요?"

남궁혁의 눈이 부릅떠졌다. 이건 예지몽 정도가 아니잖아?

놀람의 정도로 따지자면 금화전장이 마교의 비밀 지부라는 얘기를 들은 은태림에 못지않았다.

"그리고 당신의 이름도 들었죠. 섬서 땅의 대장장이, 남궁혁. 내가 처음으로 마신의 계시를 들었을 때부터요."

"……그리고요?"

남궁혁의 손에 식은땀이 배어 나왔다.

지금껏 기연이라고만 생각했을 뿐 깊이 생각하지 않았던 새로운 삶이었다.

새로 주어진 삶을 열심히 살기에 바빴으니까.

하지만 그 이면에 사실 뭔가 있었던 게 아닐까?

남궁혁은 주아흔이 뭔가 더 상세한 얘기를 해 주길 기다렸지만 그녀는 고개를 저을 뿐이었다.

"그 이상은 몰라요. 마신께서는 그 이상 얘기해 주지 않으셨으니까. 내가 아는 건 당신이 두 번째 삶을 산다는 사실뿐이에요. 그리고 이걸 맡길 만한 사람이 당신뿐이라는 것도."

주아흔은 품에서 검은 색의 작은 상자를 꺼냈다. 철로 만들어진 투박한 상자는 여는 곳조차 보이지 않았다.

"그게 뭔데요?"

"그건 금화전장의 일이 마무리되면 알려 드리죠. 서두르셔야 할 텐데요?"

주아흔의 말이 맞았다. 밖에서 팽천룡이 준비가 됐다며 그를 부르는 소리가 났다.

당장 처리해야 하는 건 금화전장의 일이었다. 주아흔이 어디 도망가지만 않는다면.

"여기 계실 거죠?"

"걱정되신다면 감시역이라도 붙이시던가요."

주아흔은 태연하게 말하며 나른히 벽에 몸을 기댔다.

아무리 봐도 도망칠 사람 같지는 않았지만 사람 일이라는 건 아무도 모르는 건데.

남궁혁은 문을 나섰다. 팽천룡과 은태림, 나태영. 그리고 무관의 사람들이 줄지어 서 있었다.

"바로 출발할 건가?"

"응. 그치만 주 소저를 감시할 사람 한 명 정도는 남아 있었으면 좋겠는데. 태림, 네가 있겠어?"

은태림을 걱정해서 한 말이었다.

내부 사정이나 구조를 잘 아는 그가 있으면 좋지만 자칫하면 가족이나 다름없는 사람들을 베어야 할지도 모르는 일이니까.

그러나 그는 고개를 저었다.

"아니. 가겠어. 그리고 내 눈으로 확인해야겠다. 말리지 마."

은태림의 의지는 결연했다. 남궁혁의 생각보다 그의 친구는 강한 사람이었다. 대신 나태영이 나섰다.

"그럼 제가 남을게요."

"그래 줄래?"

그리하여 금화전장을 습격하는 건 남궁혁과 팽천룡, 그리고 은태림 세 사람과 무관의 사람들이 되었다.

어둠에 젖어 드는 시간. 그들은 빠르게 항주를 향해 달려가기 시작했다.

*   *   *

금화전장의 장주 각해평은 모든 업무를 마치고 집무실을 나섰다.

평소 때처럼 온화하고 사람 좋아 보이는 인상이었지만 그의 표정에는 다소의 불안함이 섞여 있었다.

그는 곧바로 후원으로 향했다.

그의 조부가 머무는 장원 또한 불안한 정적에 싸여 있었다.

"조부님, 해평입니다."

"들어오거라."

각해평이 문을 열고 안으로 들어갔다. 방 안은 촛불 하나만이 불을 밝히고 있었다.

각태성의 얼굴에는 짙은 그늘이 끼어 있었다.

"그래. 아직도 돌아오지 않았다고?"

그들이 주아흔을 잡기 위해 보냈던 마인들을 일컬음이었다. 각해평이 무겁게 고개를 끄덕였다.

"다른 이들을 보내 확인해 보았습니다만, 전투의 흔적은 있는데 시신은 없다고 합니다. 황옥서원은 소동이 있었지만 다시 원래의 철옹성처럼 수비를 강화해 마신녀가 거기 있는지 확인조차 어렵습니다."

"그렇군."

노인의 이마에 자글자글한 주름이 잡혔다.

"태림이와 천무대 아해들도 들어오지 않았다고?"

"예."

"흘흘…… 그 아해들이 교인들을 상대했을 가능성이 있나?"

노인의 말에 각해평이 잠시 생각하다가 고개를 절레절레 저었다.

"거길 어떻게 알고 갔겠습니까. 황옥서원은 항주에서도 상당히 먼 곳에 있습니다."

"하지만 우리가 약재상에 파 놓은 꼬리를 알아챈 것 같다고 하지 않았느냐."

"아마 다른 곳에서 마인의 흔적들을 찾고 있을 겁니다. 너무 심려치 마십시오."

각해평은 스스로도 그렇게 생각하려고 노력하며 조부를 안심시켰다.

허나 각태성은 전혀 믿는 기색이 아니었다.

오히려 '죗값을 치를 때가 됐구나…….' 라고 중얼거리며 씁쓸히 웃었다.

그러나 만약 마인들을 해치운 것이 천무대라고 해도, 각해평은 금화전장이 마교의 비밀 지부 역할을 맡고 있다는 사실을 쉽게 추론하지 못할 것이라고 생각했다.

기껏해야 금화전장 내에 마인들이 숨어들었다고 생각하겠지.

교에서 붙여 준 마인들은 철두철미하게 교육받은 자들이

다.

은태림에게 진실을 털어놓으니 입 안의 독약을 물고 자결할 이들.

만약에 은태림이 그들을 의심한다고 해도, 무림맹 항주지부 사람들은 어린 청년들의 말을 쉽사리 믿어주지 않으리라.

그를 위해 금화전장이 무림맹에 얼마나 공을 들였는데.

만에 하나 은태림이 모든 사실을 알게 됐다면 지금쯤 서둘러 그들을 습격하려고 했을 것이다.

도주나 증거 인멸의 우려가 있으니까.

하지만 바깥은 조용했다. 개미 새끼 하나 지나가는 소리조차 들리지 않았다. 그저 고요한 바람 소리뿐이었다.

*   *   *

그 시각, 금화전장의 수많은 담벼락 중 하나.

남궁혁은 기척을 최대한 죽이고 담 안으로 뛰어내렸다.

마인으로 느껴지는 이들은 보이지 않았다.

주아흔은 금화전장의 마인들은 모두들 전장에서 오래 일해 온, 무인인 티를 전혀 내지 않는 평범해 보이는 이들이라고 했다.

은태림은 짐작 가는 이들이 있다고 말했다.

금화전장 내에 적서회(赤書回)라는 일종의 친목 모임이 있는데, 아까 처리한 마인들이 전부 적서회 소속이라는 것이다.

팽천룡의 거친 손속으로 인해 얼굴을 알아볼 수 있는 이가 없었지만, 손목에 새긴 붉은 표식으로 그들을 확인할 수 있었다.

심지어 적서회 회원의 숫자는 정확히 스무 명. 주아흔이 얘기한 스무 명의 마인과 숫자가 맞아 떨어진다.

전장에서 일한다는 것 외에는 이렇다 할 공통점이 없는 이들이라 은태림도 늘 의아해 했단다.

이번 일을 처리함에 있어서 중요한 것은 마교가 아닌 일반인들이 최대한 피해를 입지 않게 하는 것.

자칫 소란을 일으켜 금화전장 전체를 상대하게 되면 무고한 이들의 피까지 흘려야 하니까.

남궁혁은 살금살금 경비를 서고 있는 무사들에게 다가갔다.

일 차 목표는 이들이었다. 무기를 들고 있는 일반 무사들을 전부 잠재우는 것.

"오늘은 유달리 조용하네. 쥐새끼 한 마리 없군."

"보름이라 그런 거 아니야?"

뒤에서 남궁혁이 바짝 다가온지도 모른 채 무사들은 수다를 떨었다.

파파팟—!

남궁혁의 양손이 빠르게 두 사람의 혈도를 짚었다.

그들도 무공을 수련한 무인이지만 남궁혁은 화경의 무인.

그런 그의 은밀한 접근에 무사들은 맥없이 자리에 푹푹 쓰려졌다.

남궁혁은 그들을 제대로 눕혀 둔 후, 빠르게 다음 지점을 향해 이동했다.

은태림과 팽천룡 또한 각기 다른 지점에서 무사들을 잠재우고 있었다.

그러는 동안 무관의 무사들은 마교의 일당들이 금화전장을 빠져나가지 못하게 요소요소를 에워쌌다.

그들에게도 손목에 붉은 표식이 있는 이들이 마교인이라는 사실을 전해 두었다.

지방의 일개 무관에 불과한 그들이 무림맹을 도와 마인들을 잡는 데 일조한다는 사실은 그들에게 사기를 불어넣었다.

이윽고 준비가 끝났다.

남궁혁이 목표한 지점의 사람들을 전부 잠재우고 약속한

장소에 가자, 은태림과 팽천룡이 그를 기다리고 있었다.

"끝났어?"

"음."

은태림은 말없이 고개만 끄덕였다. 그는 무척이나 긴장한 얼굴이었다.

"여기서 둘로 갈라지자고 했지?"

은태림의 계획이었다. 적서회는 매일 밤마다 전장의 한 건물에 모여 경서를 읽는 모임.

경서는 말뿐이고 실질적으로는 금화전장의 자금을 교의 적재적소로 보내는 데 이용되는 회의였을 것이다.

그리고 지금 시간 또한 그들이 모여 있을 시간이었다.

그들 중 반수가 돌아오지 않았으므로 반드시 모여 이 사태에 대한 회의를 하고 있으리라.

"해평 형님, 아니 각 장주도 그 모임의 일원이야. 지금쯤 거기 있을 거야."

"좋아. 태림, 너는 전전대 장주를 맡아. 우리가 적서회를 맡을게."

"알았어."

"혹시라도 정에 휘둘리면 안 돼. 알고 있지?"

"알아. 먼저 간다."

아예 검병을 허리춤에서 뽑아 손에 쥔 은태림이 빠르게

전각의 지붕과 지붕 위를 밟고 후원 쪽으로 사라졌다.

각태성이 도주할 가능성도 있으니 금화전장의 내부를 잘 아는 은태림이 적격이리라.

은태림이 어둠 속으로 사라지자마자 남궁혁이 움직였다. 팽천룡이 그 뒤를 따랐다.

적서회가 모이는 건물 주변은 조용하기 그지없었다.

하긴, 마교에 대한 회의를 하는데 엄한 평무사를 주변에 얼쩡거리게 할 수는 없었으리라.

남궁혁과 팽천룡이 문 옆에 바짝 붙었다. 안에서는 습격을 눈치채지 못한 듯, 자기들끼리 말을 주고받는 소리가 들렸다.

"심각합니다. 당장이라도 증거 인멸을 해야 합니다!"

"아직 놈들이 교와 금화전장의 연관성을 눈치채지 못했을 수도 있습니다. 자칫 서둘렀다가 괜히 꼬리만 잡힙니다."

"대체 교의 형제들이 누구에게 당한 건지 아직도 아는 바가 없는 겁니까?"

"황옥서원 놈들이 입을 안 여는 걸 어쩝니까?"

안의 격론이 시끄러워지고 있었다. 남궁혁이 팽천룡에게 신호를 보냈다.

남궁혁의 검과 팽천룡의 도. 각각의 무기에 시퍼런 강기가 섬뜩하게 빛나기 시작했다.

기의 흐름을 눈치챘는지 안에서 일어나던 소요가 갑자기 조용해졌다.

하지만 늦었다.

"흐랴차!"

남궁혁과 팽천룡, 화경에 이른 두 무인의 강기가 거칠게 문을 갈랐다.

삼 장 길이의 강기가 갑자기 문을 뚫고 휘둘러지자 마인들은 당황했다.

그들이 여기 온 기척조차 눈치채지 못한 것이다.

순식간에 그들 중 한 명의 목이 날아갔다. 두 명의 팔과 어깨가 피분수를 뿜어냈다.

찰나에 전력의 삼분지 일이 무력화된 상황.

마인들은 경악할 틈도 없이 각자 무기를 꺼내 들었다.

남궁혁은 망설임 없이 검을 휘둘렀다.

이쪽은 둘. 상대는 열하나.

마인들에게 협공을 당한다면 위험에 빠질 수 있는 상황이다.

하지만 남궁혁의 검은 거칠 것이 없었다.

무림맹 비무 대회. 그리고 아까 낮에 있었던 격전.

두 번의 싸움을 통해 남궁혁은 마인들의 절대적인 단점

을 알아냈다.

마기를 폭발시키는 데는 시간이 필요하다는 것!

금진차를 상대할 때도 그랬고, 소림승과 겨뤘던 마인 또한 그랬다.

심지어 무림맹 비무 대회를 습격했던 이들조차도 독 안개를 퍼트리는 등 시간을 벌려고 했다.

그들이 오랫동안 마기를 숨기고 평범한 사람인 척한 부작용인지 뭔지 모르겠지만, 승기를 잡을 수 있는 확실한 요소였다.

마기를 끌어올릴 시간을 주지 않으면 되니까.

놈들이 마기를 폭발시켜 평소의 두 배 이상 되는 힘을 불러내지 않는 이상, 남궁혁과 팽천룡에게는 상대가 되지 않는다.

때문에 이 안에 잠입하기까지 최대한 조용히 접근한 것이다.

남궁혁은 사정 봐주지 않고 팔 하나, 다리 하나씩을 무참히 베어 냈다.

마기를 뽑아내지 못해도 놈들의 실력은 절정에서 초절정 정도였다.

마냥 만만히 볼 수 있는 상대들은 아니다.

팽천룡도 문답무용으로 도강을 휘둘러 댔다.

남궁혁도 평소의 차분한 공격은 온데간데없었다.

최대한 신속하게, 정신없게!

놈들을 몰아붙여 한 번에 끝장을 낸다!

남궁혁의 속도가 더욱 빨라졌다. 좁은 방 안은 그야말로 아수라장이었다.

우지끈!

적과 기물을 가리지 않는 칼부림에 있는 대로 상한 벽과 기둥이 위험한 소리를 냈다.

그 사이로 마인들의 비명 소리가 울려 퍼졌다.

"끄아악!"

"허억!"

놈들도 검기를 뽑아내며 저항했지만 갑작스러운 습격 탓인지 반격이 용이치 않았다.

정갈하던 방 안이 온통 피투성이가 되었다.

쓰러진 자가 벌써 절반이었다.

열 명 중 반만 남아도 상관없다.

사정없는 손속을 보여 주는 것이 붙잡은 자들의 입을 열기도 편할 테니까.

애초에 습격을 시작하기 전 팽천룡, 은태림과도 합의한 사안이었다.

"혁아! 그 자가 각해평이다!"

구석으로 도망치는 마인을 향해 검을 휘두르던 남궁혁이 멈칫했다.

그러고 보니 눈앞에 있는 자의 옷이 유독 고급스러웠다.

다른 이들은 다 제거해도 금화전장의 장주 각해평만큼은 살려 둬야 했다.

그의 입에서 들어야 할 말이 아주 많으니까.

이런 일은 언제나 머리를 살려 두는 게 중요하다. 잔챙이가 알면 뭘 알겠는가.

남궁혁의 검강이 아슬아슬하게 그의 옆 벽을 부숴 버리자, 각해평은 다리에 힘이 풀려 그대로 주저앉았다.

마교와 대대로 거래를 한 집안이라도 목숨의 위기 앞에서는 별수 없는 모양이었다.

각해평 때문에 남궁혁이 잠깐 멈칫한 그때, 팔을 부여잡고 쓰러져 있던 한 놈이 바닥에 뒹굴던 칼을 다시 집어 들었다.

눈에는 마교인 특유의 악독한 독기가 서려 있었다.

그들이 지금까지 이 항주 지부를 어떻게 여기까지 끌어올렸는데!

고작 이딴 애송이들 때문에 대계를 무너트릴 순 없다!

축 늘어진 시체 같던 놈의 눈빛에 마기가 어리기 시작했다.

이윽고 칼에 시뻘건 핏물 같은 마기가 솟구쳐 올랐다.

"죽어라—!"

"혁아!"

팽천룡이 다급히 소리 질렀다.

놈은 남궁혁과 너무 가까웠다.

도강을 날렸다가는 오히려 남궁혁이 상할 위험이 있었
다.

그러나 남궁혁은 녀석에게 완전히 등을 보인 상황!

순간, 팽천룡은 남궁혁의 움직임을 놓쳤다.

그의 시선이 닿아 있던, 남궁혁이 있던 자리에는 아무것
도 없었다.

"……!"

"끄……끄억……컥…….."

상황은 완벽하게 역전되어 있었다.

마기를 뿜으며 살기를 드러냈던 마인은 남궁혁의 검에
배를 꿰뚫린 채 그대로 고개를 꺾었다.

무방비하게 등을 내주었던 남궁혁은 순식간에 몸을 움직
여 놈의 목숨을 취했다.

"휴우—"

마인의 등허리에서 검을 뽑아낸 남궁혁이 깊게 심호흡했
다.

방금 전. 시뻘건 마기가 등 뒤에서 일렁거렸을 때, 남궁혁의 몸은 자동적으로 반응했다.

그 반응속도와 움직임은 팽천룡의 안력도 쉬이 따라잡을 수 없을 정도.

마치 어느 날 문득 키가 쑥 커 버렸다는 것을 자각하듯, 비로소 남궁혁은 깨달았다.

이제 정말 화경의 경지에 완벽하게 익숙해진 것이다.

화경의 초입에 든 팽천룡이 그를 따라잡을 수 없었던 것도 당연했다.

그동안은 서로가 엇비슷한 실력이라고 생각했건만.

남궁혁은 자신을 얼떨떨한 얼굴로 바라보는 팽천룡을 보며 얼굴에 튄 피를 닦았다.

한동안 피를 보는 싸움을 할 일이 드물어서 체득하기까지 오래 걸렸던 모양이다.

"고맙다."

아까 전의 경고에 대한 감사였다. 팽천룡은 아직도 놀람이 가시지 않은 얼굴로 인사를 받았다.

"……별말을."

"이제 그럭저럭 정리는 된 거 같은데. 태림 쪽은 어떻게 됐으려나."

남궁혁은 실내를 둘러보며 말했다.

죽은 이가 셋, 말은 할 수 있는 부상을 입은 이가 다섯, 아무래도 곧 죽을 이가 둘.

그리고 목표했던 각해평까지.

이쪽의 성과는 더할 나위 없이 좋았다. 딱 계획했던 만큼 이었다.

남궁혁은 뜯어져 나간 문밖으로 보이는 후원의 전각 지붕을 바라보았다.

은태림이 잘 해낼 수 있을까. 걱정스러운 시선이 짙은 밤 하늘을 향했다.

*   *   *

남궁혁과 팽천룡이 적서회의 회의장에 도착했을 때.

은태림은 홀로 후원에 들어섰다.

잔뜩 기척을 죽이고 문 앞으로 다가간 그는 문틈에 귀를 갖다 댔다.

남궁혁이나 팽천룡만큼 청력이 좋은 건 아니라 어쩔 수 없었다.

표정을 딱딱하게 굳힌 채, 은태림의 모든 감각이 방 안의 누군가를 향했다.

각태성이 있는 것은 확실했다. 눈물겹도록 익숙한 기척

이 느껴졌다. 그러나 별 미동이 없었다. 벌써 주무시는 건
가.

그때 안에서 말소리가 들려왔다.

"태림이냐."

그가 친할아버지처럼 여긴 각태성이었다.

은태림은 순간 당황했다.

자신이 아무리 다른 친구들에 비해 무공의 수위가 낮다
지만, 기척을 죽이는 데는 자신이 있었다.

발소리, 숨소리 하나 내지 않았다고 여겼다.

그런데 대체 어떻게 알았을까.

"들어오거라."

은태림은 침을 꼴깍 삼켰다.

어떻게 해야 할까. 들어가는 게 맞는 걸까.

하지만 기척을 들킨 이상 숨어 있는 것은 의미가 없었다.

하는 수 없이 은태림은 문을 열었다.

그가 알기로 각태성은 무공을 전혀 익히지 않았다.

하지만 그것도 사실이 아닐지 모른다.

그가 마인이라는 것도 전혀 예상 못했으니까.

문을 열자 세월의 흐름이 그대로 느껴지는 노인이 자리
에 앉아 있었다.

딱딱한 얼굴의 은태림과 달리, 각태성은 만면에 흐뭇한

미소를 지은 채였다.

"……어떻게 아셨습니까?"

"죽을 때가 되어서 그런가, 오감이 예민해지더구나."

그런 걸로 알 수 있을 리가. 은태림은 그가 마교의 사특한 수법을 썼다고 생각할 수밖에 없었다.

은태림의 손이 검을 향하는데도 각태성은 태연했다.

"이 밤중에 어인 일이냐. 허리춤에 칼까지 차고. 오랜만에 이 할애비에게 네 성취를 보여 줄 생각이더냐?"

"물을 것이 있어서 왔습니다."

긴장감이 가득한 목소리. 각태성은 인자한 할아버지의 얼굴로 그를 올려다보았다.

그 부드러운 미소가 은태림을 더욱 미치게 했다.

왜, 대체 왜.

그 말 한 마디가 도통 입에서 떨어지질 않았다.

어릴 적, 함께 연을 날려 주던 자상한 할아버지. 그랬던 할아버지가 왜.

각태성과 함께했던 추억들이 은태림의 목메게 했다.

그러나 물어봐야 했다.

은태림은 치밀어 오르는 울음을 겨우 삼키고, 쓰디쓴 질문을 던졌다.

"대체…… 대체 왜 그러셨습니까?"

각태성을 향한 은태림의 물음은 거의 울음에 가까웠다.

갓난쟁이 시절부터 보아 온 의손자의 모습에 각태성이 씁쓸히 웃었다.

"홀홀…… 알겠다. 너는 대답이 듣고 싶은 것이 아니로구나."

"할아버지!"

"내게 명예롭게 죽을 기회를 주러 왔구나."

각태성이 정곡을 찔렀다.

검병을 잡은 은태림의 손에 힘이 들어갔다.

사실이었다. 남궁혁에게, 그리고 팽천룡과 나태영에게 사정을 봐주지 않고 각태성을 확보하겠다고 거짓말을 한 것은 미안했지만 은태림은 그럴 수밖에 없었다.

은태림의 무릎이 꺾였다. 모든 것을 인정하는 말. 그 말에 털썩 주저앉은 그를 보며 각태성은 은성군을 떠올렸다.

매화전장의 후계자로서 늘 밝고 현명했던 친우.

은태림은 그를 꼭 닮아 있었다.

자신도 은성군 같았더라면, 매화전장의 후계자였다면 얼마나 좋았을까.

하지만 그는 각태성이었다. 꿈을 위해 아비가 날품을 팔아 겨우 모은 돈을 훔쳐 항주로 왔지만, 꿈이었던 전장에서 일하는 기회를 소개받는 것조차 어려운 형편이었다.

그는 은성군처럼 되고 싶었다. 그러나 타고난 운명을 바꿀 수는 없었다.

그랬던 각태성에게 운명처럼 다가왔던 마교의 속삭임.

잡을 수밖에 없었다.

자신이 잡지 않는다면 또 다른 누군가에게 기회가 돌아 갈 테니까.

그렇게 평생을 스스로에게 최면을 걸며 살아왔다.

장주님은 결국 죽었을 거라고. 누구든 마교와 손을 잡고 금화전장을 차지했을 거라고.

그래도 내가 전장을 맡아 이렇게 거대한 세력으로 키웠 으니 제법 괜찮은 결과가 아니냐고.

그러나 그 모든 것은 저열한 변명이라는 것도 잘 알고 있었다.

"……평생 동안 너희 집안을 속여 미안하다. 나도 그럴 수만 있다면 네 조부처럼 당당하게 살고 싶었단다. 신념이 라는 것을 가지고, 휘둘리지 않으면서 말이지."

각태성은 씁쓸히 중얼거리며 품에서 한 자루의 비도를 꺼냈다.

이것이 은태림이 친할아버지처럼 여겼던 각태성을 위해 해 줄 수 있는 유일한 것이었다.

살날이 얼마 남지 않은 노구로 마교의 주구라는 지탄을

받으며, 여태껏 쌓아 왔던 명성을 모조리 무너트리고, 무림맹의 심문을 견디는 것은 너무나 힘든 일이니까.

은태림은 고개를 푹 숙이고 있었다.

각태성은 그 마음을 다 이해한다는 듯, 역수로 쥔 비도의 끝을 보며 중얼거렸다.

"우리 집안의 죄를 밝히는 공을 남이 아니라 네게 줄 수 있어서 다행이구나."

비도의 날카로운 끝이 목을 향했다. 그리고 순식간에 시푸른 혈맥에서 피가 후두둑 튀어나왔다.

각태성은 비명 한 번 지르지 않았다.

노인의 힘으로 목덜미에 비도를 쑤셔 넣는 것이 버거운지 그는 다시 한 번 힘주어 비도를 밀어 넣었다.

은태림이 입술을 꽉 깨물었다. 그의 손이 부들부들 떨렸다.

다행이라니. 뭐가 다행이란 말인가!

그래도 은태림은 일말의 희망을 갖고 이곳으로 왔었다.

아니라고, 오해라고 말해 주기를. 어찌 너를 갓난아이 때부터 봐 왔던 자신을 의심하냐며 호통을 쳐 주길 바랐다.

그러나 각태성은 조금의 부정도 없이 비도로 제 목을 찔렀다.

노인의 악문 잇새로 피가 주르륵 흘러내렸다.

은태림은 제 발까지 흘러오는 각태성의 피를 보며 몸을 부들부들 떨었다.

"……하, 하나만 부탁하마. 해명이는 잘못이 없단다…… 쿨럭…… 그 아이는 아무것도 몰랐어……."

쉿소리가 나는 그 말을 마지막으로 각태성의 몸이 쓰러졌다.

은태림은 한참 동안 그 자리에 서서 움직이지 않았다.

일각이 지나고서야 겨우 발을 떼어, 부릅뜬 노인의 눈을 감겨 주었을 뿐이었다.

*　　　*　　　*

남궁혁과 팽천룡이 도착한 건 그 직후였다.

문을 들어선 그들은 방 안의 참상에 눈을 크게 떴다.

피비린내라면 남궁혁과 팽천룡이 더욱 진하게 묻히고 왔지만, 이쪽은 딱 봐도 자결한 티가 난다는 점에서 전혀 다른 상황이었다.

"왔어?"

은태림은 평소처럼 태연하게 고개를 돌리며 말했다. 하지만 그의 얼굴에는 핏기가 없었다.

남궁혁이 눈살을 찌푸리며 은태림과 죽은 각태성의 시신

을 번갈아 보았다.

"야, 은태림 너—"

"그쪽은 어떻게 됐어?"

은태림은 남궁혁의 말을 피했다. 팽천룡이 한숨을 쉬며
답했다.

"⋯⋯마인 다섯은 해치웠고 둘은 잡히기 전에 자결했다.
셋을 사로잡았으니 맹에서 심문할 정도는 되겠지."

"해평 형님은?"

"순순히 잡히셨다. 무관 사람들을 보내 소식을 알리게 했
으니 항주 지부의 무인들이 곧 올 거다."

"그렇구나."

은태림은 작게 한숨을 쉬었다. 그의 얼굴은 안심한 것처
럼 보였다.

"여긴 어떻게 된 거야?"

"왔더니 이미 상황 종료였어."

남궁혁이 재차 묻자 은태림이 답했다.

남궁혁도, 팽천룡도 그가 거짓말하고 있음을 알았다.

각태성이 죽으며 튄 피가 은태림의 옷깃에 옅게 묻어 있
었다.

그의 자결을 은태림이 방조했다는 사실을 남궁혁이 무림
맹에 보고하면 그는 상당히 큰 처벌을 받을 것이다.

그러나 남궁혁은 은태림의 거짓말을 모른 척하기로 마음 먹었다.

금화전장이 마교와 오랜 결탁을 해 왔다는 것부터 이미 은태림의 자존심과 마음은 산산조각 났을 터였다.

게다가 각태성은 어차피 죽었고, 그들이 필요한 정보를 말해 줄 각해평은 살아 있었으니까.

무림맹으로서는 둘 다 잡지 못했다는 게 아쉽긴 하겠지만 알짜배기가 남아 있으니 그리 큰 불평은 하지 않을 터였다.

애초에 금진차라는 조무래기를 잡으라고 보낸 천무대가 마교의 비밀 지부를 발견한 것은 예상외의 큰 수확이니까.

"일단 좀 나가 봐. 무림맹 사람들이 올 때가 됐어. 항주 지부장이 너희 둘이라면 껌뻑 죽잖아. 상황 설명하는데 나보다는 너희들이 더 나을 거야."

"……고맙다, 혁아."

남궁혁의 배려를 눈치챈 은태림이 작게 중얼거리곤 시체 처럼 밖으로 어기적 어기적 걸어 나갔다.

은태림은 이로써 남궁혁에게 큰 빚을 진 셈이 되었다.

그가 걱정스러운지 팽천룡도 어두운 안색으로 은태림을 따라나섰다.

방 안에는 죽은 각태성의 시신과 남궁혁만 남았다.

남궁혁이 피를 흘리며 죽은 노인을 내려다보았다.

이전 삶의 각태성은 무림맹의 고문을 이기지 못하고 모든 정보를 털어놓은 후, 마교의 공격에 가족을 잃은 자들에게 돌을 맞아 비참하게 죽었다.

이쪽도 비참하긴 마찬가지지만, 최소한 이전 삶보다는 나은 죽음이려나.

일신의 성공을 위해 제 주변의 모든 것을 배신하고 마교와 손을 잡은 이의 최후치고는 행복한 결말인 셈이었다.

그래도 은태림의 거무죽죽한 얼굴을 보니 속이 좋진 않지만.

"흐음…… 어?"

방 안을 둘러보던 남궁혁의 눈에 이상한 것이 들어왔다.

무림에서 내로라하는 전장의 주인답지 않게 소박한 방에 기이한 장식이 있는 것이다.

그것은 금속으로 된 도깨비 장식이었는데, 가까이 다가가 이리저리 살펴보니 왠지 기관진식의 냄새가 났다.

손가락을 퉁겨 두드렸을 때 나는 소리가 달랐으니까.

주물로 찍어 낸 통 쇠와는 분명 다른 울림이었다.

'뭐가 있으려나?'

남궁혁이 도깨비를 이리저리 만져보았다.

뿔을 돌려 보려고 하기도 하고, 수염을 툭툭 건드려 보기도 했다.

끼익— 철컥—

남궁혁이 불룩 튀어나온 도깨비의 양쪽 눈을 돌리자, 갑자기 뭔가 맞물려 돌아가는 소리가 났다.

그리고 도깨비의 얼굴이 문처럼 스르르 열렸다.

"비밀금곤가?"

무림맹의 한 축을 맡고 있었던 전장이니 이런 것쯤이야 당연히 있을 법했다.

남궁혁은 슬쩍 문을 열어 보았다. 혹시 마교와 주고받았던 서찰 같은 게 있지 않으려나?

끼이익—

불유쾌한 소리와 함께 열린 금고는 무척 작았다.

남궁혁이 머리를 집어넣으면 딱 맞을 정도랄까.

그리고 그 안에는 주먹만 한 금속 하나가 덩그러니 놓여 있었다.

"이게 뭐지?"

처음에는 금속이라고 확신하지도 못했다.

너무 새하얗게 빛나고 있었으니까.

남궁혁은 손을 뻗어 그것을 두드려 보았다.

두웅—

신비한 울림이었다. 남궁혁은 그것을 다시 한 번 두드렸다. 처음 보는 금속이었다.

지금까지 어떤 금속의 울림과도 달랐다.

이번에는 슬쩍 집어 들어 올려다보았다.

"……가벼워!"

분명 금속인데, 이렇게 가벼울 일인가?

동량의 철이나 금보다 가벼운 것은 물론, 암석보다도 가벼운 것 같았다. 그렇지만 단단했다.

아무래도 남궁혁이 다뤄 보지 못했던 진귀한 금속인 모양이었다.

금화전장의 전전대 장주가 비밀 금고 안에 보관했던 물건이 아닌가.

정체를 알 수는 없었지만 보통 귀한 물건이 아님은 분명했다.

'이걸 어쩌지.'

남궁혁은 이름 모를 금속을 손에 들고 잠깐 고민했다.

이건 분명 물건이었다. 대장장이로서 희귀한 금속을 다뤄 보고 싶다는 욕심이 꾸물꾸물 일어났다.

하지만 임자 있는 물건을 슬쩍하자니 양심이 찔렸다.

그러나 곧 무림맹이 금화전장을 점거하고 수색할 텐데, 그 와중에 이 금속이 무림맹의 손에 들어가지 말라는 법은 없었다.

이번 공에 대한 상으로 요구해도 되겠지만, 이게 정말 귀한 거라면? 무림맹이 과연 남궁혁에게 상으로 이걸 줄까?

남궁혁은 한참 동안 고민했다.

그는 잠시 뒤돌아 쓰러져 있는 각태성의 시신을 보다가, 다시 손 안의 금속을 보았다.

'……모르겠다. 챙기자.'

이렇게 숨겨 놓은 것을 보니 각태성이 꽤나 아끼던 물건인 것 같았다.

이것에 대한 값은 남궁혁이 은태림의 행동을 눈감아 준 걸로 어떻게 셈을 칠 수 있지 않을까?

남궁혁은 그렇게 스스로를 위안하며 금속을 품에 넣고 비밀 금고를 잘 닫았다.

그리고 화로의 쇠꼬챙이 하나를 들고 와 비밀장치의 잠금쇠를 고장 냈다.

'대신 무림맹이 주는 상은 전부 되돌려주지 뭐.'

생각 외의 불로소득을 얻은 남궁혁은 누가 올세라 서둘러 각태성의 방을 나섰다.

지금부터 할 일이 산더미처럼 많았다.

원래 일이란 건 뒤처리가 제일 골치 아프고 바쁜 법이니까.

게다가 남궁혁은 대주 아닌가. 천무대주.

감투를 쓸 거면 무림맹주처럼 아예 큰 감투를 써야지.

이런 작은 감투는 그야말로 발에 땀띠 나도록 뒷수습을 해야 하고, 손가락에 물집 잡히도록 서류를 써야하는 귀찮은 자리였다.

금화전장이라는 큰 벌집을 건드렸으니 그 후속 처리가 얼마나 많을지.

'내가 새 삶을 살게 된 게 설마 일에 대한 업보가 너무 많아서는 아니겠지?'

남궁혁은 한숨을 푹 내쉬었다.

*   *   *

이른 새벽의 대파산.

각 문파에서 파견된 무림맹의 원로들이 한데 모여 있었다.

여러 가지 소식이 한 번에 몰려온 탓에 해뜨기도 전부터 소집된 회의였다.

무림인들이야 해뜨기 전에 일어나 수련하는 것이 일상이니 그리 일찍이라고 보기도 어렵지만, 이런 시간에 회의를 소집하는 건 확실히 이례적인 일이었다.

그리고 그들 모두를 불러 모은 무림맹주 도맹건은 불만

족스러운 얼굴로 책상을 손가락으로 톡톡 치고 있었다.

그의 날카로운 시선은 공동을 대표하는 장로를 향해 있었다.

공동의 장로는 아무렇지 않은 척 그의 눈을 피하고 있었지만 얼굴에는 난처한 기색이 역력했다.

무한으로 출발한 공동의 제자들이 벌인 일 때문이었다.

"그러면 무한으로 간 공동파의 제자들은 빈 구멍을 쑤셨다 이 말이군요."

나태영의 형인 나태량에 대한 얘기였다.

남궁혁이 예견했던 대로, 그들은 이미 마교가 떠난 지 오래된 빈집을 털어 허탕을 쳤다.

문제는 허탕만 친 게 아니라는 것.

"맹주, 그것이……."

"그것도 무한의 병사들과 마찰을 빚고, 민간인들을 서른이나 다치게 하면서요. 아, 그중 세 명은 이미 죽음을 맞았다지요?"

이게 바로 긴급회의가 소집된 이유였다.

공동파 장로만 불러서 문책해도 될 일이긴 하지만, 도맹건은 사성체제의 권위를 보여 주기 위해 일부러 모두를 불러 모았다.

"무한성에서 제갈세가를 통해 서찰을 보내 왔습니다. 이번 일을 결코 좌시하지 않겠다고, 문제를 일으킨 무인들을 관으로 넘기라고 말입니다! 이 무슨 참담한 일입니까. 여기는 정도 무림맹입니다. 사도맹이 아니라고요. 대체 공동에서는 제자들을 어떻게 가르치셨기에 일을 이렇게 처리하게 하신단 말입니까?"

공동의 대표가 결국 고개를 푹 수그렸다.

무림과 관은 불가침.

하지만 그건 한쪽이 다른 한쪽에게 칼을 들었을 때는 적용되지 않는다.

오히려 그간 불가침을 유지했던 만큼 더더욱 강한 보복을 가한다.

차라리 공동파만의 일이었다면 제자들을 본산으로 데려다 폐관 수련 몇 년을 시키며 사건에 대한 잡음이 잦아들길 기다릴 텐데.

하필이면 무림맹의 일인지라 공동의 장로는 발만 동동 굴렀다.

도맹건은 이 일을 그냥 넘어갈 생각이 없었다.

마교가 침공하는 것은 비단 무림만의 일이 아니다.

그들을 상대하기 위해서는 관의 협조가 상당히 중요하다.

공동의 제자들을 넘겨주진 못하더라도 관의 체면은 살려

줄 필요가 있었다.

그렇기 때문에 지금 공동의 장로를 열심히 압박하고 있는 것이다.

"그렇다면—"

열심히 분위기를 조성한 후, 생각해 놓은 바를 공동의 장로에게 말하기 위해 도맹건이 입을 열었을 때.

"맹주! 맹주—!"

무림맹의 총군사 제갈민이 문을 박차고 들어왔다.

늘 차분하던 그가 저렇게 허둥대다니?

"무슨 소란입니까, 제갈 군사."

다 만든 분위기를 와장창 깨 버린 것이 짜증 났지만, 제갈민이 저렇게 호들갑을 떨 정도면 뭔가 큰일인 모양이었다.

"잡았답니다."

"잡아요?"

도맹건의 시선이 제갈민의 손으로 향했다.

그의 손에는 전서응으로부터 받은 작은 서찰이 붉은 색천무대주의 끈으로 묶여 있었다.

도맹건이 긴급회의를 소집한 두 번째 이유였다.

남궁혁이 보낸 긴급 상황의 표식이 무림맹에 도착했기때문이다.

"항주에서 소식이 왔나 보군요. 금진차를 잡았답니까?"

도맹건은 남궁혁이 그 표식을 보낸 게, 금진차를 쫓으면서 급하게 움직여야 할 일이 있어서라고 생각했다.

그러나 상기된 제갈민의 입에서 나온 말은 상상 이상이었다.

"항주에 있는 마교의 비밀 지부 중 하나를 잡았답니다! 금화전장이 마교의 휘하였습니다!"

"뭐라고!"

도맹건이 자리에서 벌떡 일어나며 의자가 우당탕 나뒹굴었다.

"금화전장이요?!"

"아미타불……!"

다른 원로들의 반응도 다르지 않았다.

여기 있는 사람들 모두 많건 적건 금화전장과 관계가 있는 사람들이었으니까.

한바탕 충격이 사람들을 휩쓴 후, 제갈민이 남궁혁에게 받은 급보의 내용을 전달했다.

금화전장의 각씨 조손간이 마교의 일당임을 확인하고 도주의 우려가 있어 빠르게 습격, 각태성은 자결하고 각태평 외 마인들을 붙잡았다는 말이 빠르게 이어졌다.

"허허…… 참으로 대단하군."

도맹건은 진심으로 감탄하며 수염을 쓰다듬었다.

그는 천무대에 별 기대가 없었다. 어린 후기지수들이 아닌가.

각 파에서 무공이 뛰어난 이들만 모았다지만 이런 경험은 일천할진대.

그래서 그는 천무대를 후방으로 돌리는 것도 내심 만족스러워하던 차였다.

남궁현열이 다른 후기지수들에 비하면 무명이나 다름없는 남궁혁을 천무대주에 앉히겠다고 하는 걸 승인한 것도 비슷한 이유에서였다.

큰 역할이 주어지지 않은 부대니까.

그런데 그 무명의 천무대주와 어린 청년들이 이런 대담한 일을 벌이다니.

"금화전장이 마교의 숙주인 것은 확실한 겁니까? 대체 그 아이들이 어디서 그런 정보를 얻었답니까?"

나태량의 일로 도맹건에게 공박을 당하던 공동의 장로였다.

그는 불신 어린 얼굴로 제갈민을 쏘아보았다.

믿을 수 없었다. 공동파가 입수한 정보도 빗나갔는데 어떻게!

공동파 장로의 의심에 제갈민이 답해 주었다.

"마교에서 도주한 수뇌부 한 사람과 접촉했다고 합니다. 맹에 보호를 요청하는 대신 정보를 제공하기로 했다는군요."

여기저기서 감탄이 터져 나왔다. 남궁현열마저 헛웃음을 지었다.

"천우신조로군요. 천무대주에게 하늘의 뜻이 따르나 봅니다 그려."

"공동파의 제자도 한 명 포함되어 있지 않습니까. 이름이 나태영이었던가요?"

"그 아이가 거기에 갔었습니까?"

남궁현열의 말에 공동의 장로가 깜짝 놀라 되물었다.

순간 모두의 시선이 그에게 향하고, 장로는 자신이 말실수를 했음을 깨달았다.

하지만 이미 뱉은 말을 어찌 주워 담겠는가.

제갈민이 그를 보며 한숨을 푹 내쉬었다.

"그래도 자파의 제자인데 너무 관심이 부족하시군요. 천무대주가 보낸 서찰에 의하면 그가 상당한 활약을 했다고 되어 있습니다. 유망한 인재인 것 같으니 신경 좀 써 주시지요."

"아, 알겠습니다."

장로는 말을 더듬으며 답했다. 형인 나태량이야 공동에

서 촉망받는 인재라지만, 동생인 나태영에 대해서는 관심이 없는 게 사실이었다.

정파 중에서도 유독 실력을 중시하는 문파가 공동이었으니까.

성실하기야 하지만 뛰어난 무재를 보이지 않는 나태영이라 그가 항주로 갔다는 사실도 모르고 있었다.

보고는 받았겠지만 기억 속에서 지워 버렸으리라.

'그 아이가 큰 활약을 했다고?'

공동의 장로는 마냥 순박하기만 하던 나태영의 얼굴을 떠올렸다.

문파 전체의 무관심에 내돌려지던 제자에게 대단한 가능성이 있었던 건가?

이번에 나태영이 돌아오면 공치사를 아끼지 말아야겠다는 생각을 하며, 장로는 이어지는 제갈민의 말에 귀를 기울였다.

무한에서 난리를 피운 나태량을 보호해야 한다는 생각은 이미 사라진 지 오래였다.

*　　　*　　　*

금화전장을 습격한 밤이 지나고 이틀. 항주는 여전히 평화로웠다.

금화전장쯤 되는 곳이 난리가 났으니 항주 전체가 떠들썩해야 하는데, 아무도 그 사실을 모르는 것 같았다.

금림상단과 금화전장 모두 평소처럼 일을 하고 있었으니까.

이건 남궁혁의 안배였다.

금림상단의 각해명은 마교와 관련이 없다는 사실을 주아흔과 은태림에게서 확인한 후, 남궁혁은 각해명과 이를 논의했다.

결론은, 지금 금화전장이 마교의 일 때문에 흔들린다면 무림맹도 큰 타격을 받는다는 거였다.

금화전장은 여러 문파와 다양한 금전 관계를 맺고 있으니까.

거기에 항주 지역의 민심이 동요할 수 있었기에, 금림상단뿐 아니라 금화전장까지 당분간 각해명이 진두지휘하기로 했다.

조부를 잃고 형이 억류된 상황에서도 각해명은 상단과 전장을 무리 없이 잘 이끌어나갔다.

이후의 처분은 무림맹에서 결정하겠지만, 남궁혁은 이 상태가 가장 좋다고 생각했다.

금화전장이 그간 쌓아 놓은 것들을 무너트리기엔 너무

아깝지 않은가.

그 일을 포함해 다양한 일거리들이 이틀 간 남궁혁에게 쏟아졌다.

은태림이 모든 것을 잊고 싶은 듯 침식을 잊고 도와줬으니 망정이지, 안 그랬으면 몇 날 며칠 서류에 묻혀 있었으리라.

이제야 겨우 서류 더미에서 탈출한 남궁혁은 팽천룡과 함께 주아흔을 찾아갔다.

주아흔은 금림상단의 별채 중 한 곳에 머무르고 있었다.

그녀는 무림맹의 귀빈으로 대접받으며 필요한 정보를 제공했다.

주아흔에 대해서도 남궁혁은 고민이 많았다.

"주 소저의 거취가 걱정인데."

"무엇이 말이냐."

"그녀는 마신녀잖아. 무슨 의도로 도망치고 우리를 돕는지는 모르겠지만, 어쨌든 마교의 최상층 관계자라고. 무림맹 아저씨들이 그녀를 가만히 두겠어?"

"설마 스스로 투항한 자를 괴롭히기야 하겠나."

"모르는 일이지."

남궁혁은 뒷짐을 지고 앞서 걸어갔다.

저 멀리 주아흔이 건물 밖으로 나와 그를 기다리고 있었다.

무림맹의 비호를 받게 되어 한시름 덜은 듯, 그녀의 미모는 며칠 전보다 화사하게 피어 있었다.

검은 상복은 여전했지만 얼굴에는 생기가 돌았고, 흑단 같은 머리카락은 윤기가 돌았다.

팽천룡은 그녀를 보며 깊게 심호흡했다. 말 한 번 제대로 나눠 보지도 않았는데, 왜 그녀를 보면 이렇게 가슴이 떨리는지 알 수가 없었다.

"오셨군요. 남궁 소협 혼자 오시길 바랐는데요."

주아흔이 뒤따라오는 팽천룡을 빤히 보며 말했다.

"소협께만 드릴 말씀이 있으니 팽 소협께서는 자리를 비켜 주셨으면 좋겠습니다."

"천룡은 천무대 부대주이기도 한데, 안 될까요?"

주아흔을 마음에 둔 티는 있는 대로 다 내면서, 제대로 말 한 마디 못 붙이는 그가 안쓰러웠던 남궁혁이 나섰다.

그러나 주아흔은 차갑게 고개를 내저었다.

"안 됩니다."

"알겠습니다. 저는 밖에서 기다리지요."

팽천룡은 여인이 거절을 하는데도 막무가내로 매달리는 사내가 아니었다.

그는 가벼이 목례를 하고 근처에서 기다리겠다며 자리를 떴다.

남궁혁도 마냥 팽천룡을 가지 말라고 할 수 없었다.

주아흔이 이렇게 자신만 남아 달라고 하는 걸 보면, 지난 번에 얘기했던 그 비밀을 언급하려는 것 같았으니까.

팽천룡에게는 미안했지만, 남궁혁은 아직까진 두 번째 삶에 대한 자신의 비밀이 새어 나가지 않기를 바랐다.

팽천룡이 멀리 사라지자, 주아흔은 품에서 작은 상자를 꺼냈다.

"이건?"

"지난번에 말씀드렸던 거예요."

철로 된 검은 상자. 남궁혁은 그걸 받아 들어 이리저리 살폈다.

말이 상자지 이음새도 없고, 열쇠 같은 걸 넣을 수 있는 구멍도 없었다.

각태성의 방에 있던 것처럼 뭔가를 눌러야 작동하는 것 도 아니었다.

이건 그냥 통 쇠로 된 상자였다.

"뭔가 들어 있는 거 같기는 한데."

남궁혁은 상자를 흔들며 중얼거렸다. 뭔가가 덜그럭거리 는 소리가 났다.

"그 안에는 마신석이 들어 있습니다."

"마신석이요?"

"마신검을 만들 수 있는 재료죠. 마신께서 봉인되어 있다고 전해집니다. 그걸 이용해 검을 만들면 마신 재림이 일어난다는 얘기가 교에 내려오고 있죠."

철 상자를 쥔 남궁혁의 손에 힘이 들어갔다.

아니, 이런 걸 훔쳐서 마교를 도망쳤단 말이야?

주아흔을 쫓던 마인들이 살계를 펼치지 않은 게 신기할 정도였다.

"보시다시피 그 상자는 어떤 방법으로도 열 수 없어요. 특수한 합금으로 되어 있어서, 교주의 마기가 아니라면 특별한 방법으로 녹여야 한다고 하더군요."

"그래서 이걸 나한테?"

주아흔이 고개를 끄덕였다.

"게다가 중원을 전전하면서 남궁혁이라는 이름의 뛰어난 대장장이가 있다는 소문을 들었지요. 설마 했는데 꿈에서 본 사람과 동일 인물일 줄이야. 당신이라면 이걸 녹여서 마석을 파괴할 수 있을지도 몰라요."

"그런데 당신은 왜 마교에서 도망친 건가요?"

남궁혁은 내내 궁금했던 것을 물었다.

"꼭 말해야 하나요?"

"마교에서 평생 자라 왔잖아요? 게다가 마신녀로서 대우도 좋았을 거고, 저번에 듣자 하니 소교주의 약혼녀였다면서. 왜 그를 찌르고 도망친 겁니까?"

남궁혁이 주아흔을 물끄러미 바라보았다.

그녀를 못 믿는 건 아니지만 궁금하긴 했다. 자무군주와의 일도 있고.

주아흔은 얘기를 할까 말까 잠시 고민하더니, 이내 입을 열었다.

"마신께서는 이 땅에 나타나서는 안 되는 존재예요. 그분의 재림을 위해서는 너무 많은 희생이 필요합니다."

"희생이라면, 구체적으로 어떻게?"

"동남동녀 천 명과 아이를 밴 백 명의 여인, 그 외에 제사의식에 따라 남녀노소를 가리지 않고 만 명 정도의 목숨이 필요하죠."

"만 명이나……!"

남궁혁이 침을 꼴깍 삼켰다. 그 정도면 남궁장인가가 있는 지역의 전체 인구보다 훨씬 많았다.

"그 희생을 통해 강림한 마신께서는 교주의 피를 이어받은 갓난아이에게 깃들어야 한답니다. 제가 소교주와 혼인한후에 낳을 아이가 제물이 되어야 하는 거죠."

남궁혁이 침음을 삼켰다. 정말 도망칠 만도 했다.

갓 태어난 아이를 마신의 재림에 바쳐야 한다니.

게다가 얘기를 들어 보면 마신 재림을 위해 계획적으로

아이를 가져야 하는 거 아닌가.

정말 끔찍하다고밖에 할 수 없었다.

"우리 집안은 대대로 마교에 몸담아 왔지만, 마신 재림에 대해서는 반대하는 입장이었어요. 하지만 현 교주는 마신의 강림만이 교를 부흥시킬 유일한 방법이라고 믿고 있죠."

"왜요? 마신이 강림하면 뭐 좋은 점이라도 있나요?"

"마신의 화신이 세상이 강림하여, 불신자들을 전부 불태우고 세상을 구원하리라―. 이것이 바로 교에 전해져 내려오는 이야기예요. 마신께서 교인들에게 새로운 세상을 이끌어 갈 힘을 주시고, 불신자들을 도륙할 권리를 주신다는 거죠. 만약 마신께서 이 땅에 강림하시면 재앙이 일어날 거예요."

주아흔은 남궁혁의 손에 들린 거무튀튀한 철 상자를 바라보며 말했다.

"결국 아버지께선 결단을 내리셨어요. 먼 친척 관계에 있는 정강왕부에 연락해 마신석을 의탁하려고 하셨죠. 그걸 파괴할 수 있는 방법을 찾을 때까지. 하지만 소교주가 그걸 눈치채 버렸어요. 나는 그를 찌르고 도망칠 수밖에 없었죠."

"그러면 자무군주에게서는 왜 도망친 건데요?"

"정강왕부조차 믿기 어려웠으니까요. 가족은 모두 죽었

고, 평생을 살았던 고향에서 떠나와 언제 끝날지 모르는 도주를 계속하고 있는데, 남궁 소협 같으면 누군가를 마음 놓고 믿을 수 있으신가요?"

"어렵겠네요."

이제야 주아흔과 관련된 모든 일들이 남궁혁의 머릿속에서 차츰 정리가 됐다.

마신 재림을 막기 위해서 교에서 도주한 그녀가 정작 마신이 보여 준 남궁혁의 꿈을 보고 그를 믿기로 결정했다는 것은 꽤나 이율배반적이긴 하지만.

"어쨌든 저를 믿고 맡겨 주셔서 감사합니다."

남궁혁은 고개를 깊게 숙였다.

대장장이이기 때문에 맡게 된 마신석 상자가 유독 무겁게 느껴졌다.

그들은 이후 주아흔의 거취 문제에 대해 논하며 전각 내부를 거닐었다.

남궁혁은 그녀가 자무군주가 있는 정강왕부로 가기를 권했다.

정강왕부는 군왕부터 군주까지 무공을 익혀 무림맹에 친화적이었으니 맹에서도 반대하지는 않으리라.

자무군주가 주아흔을 친구라고 표현한 것도 그렇고, 거기 가면 무림맹에 있는 것보다는 덜 가시방석이지 않을까.

주아흔은 마신녀였지만 먼저 정체를 밝히고 거래를 요구했다.

그녀에게는 인질 같은 대접이 아닌, 귀빈으로서의 대우를 받을 자격이 있었다.

"그래도 소저께서 갈 만한 곳은 지금으로서는 정강왕부가 아니면 떠오르는 곳이 없네요. 잘 생각해 보세요."

"그치만……."

"정강왕부의 무력은 황옥서원보다 더 대단해요. 마교가 알아도 쉽게 당신을 어쩌지 못할 거예요."

"무림맹에서 순순히 저를 보내 주진 않을 거 같은데."

"얘기를 잘 해 봐야죠."

이번에 세운 공적도 있고, 남궁현열의 도움을 받을 수도 있었다.

거기에 팽천룡도 아마 도와줄 거 같고.

"……그렇다면 그 건에 대해서는 생각해 보도록 하겠습니다."

"긍정적으로 검토해 보세요."

"알겠습니다. 그러면 할 얘기는 끝난 것 같군요."

"아뇨, 전 아직 못 들은 얘기가 있는데요."

"못 들은 얘기라니요?"

"꿈 말이에요. 제가 죽는 꿈을 꾸셨다면서요. 제 이전의 삶에 대해서."

남궁혁이 침을 꿀꺽 삼켰다. 이 얘기에 대해서 누군가와 얘기해 보는 것은 처음이다.

"더 자세한 것은 말씀드릴 수 없어요."

"그것도 마신의 뜻인가요?"

주아흔이 고개를 끄덕였다.

"때가 되면 다 알게 되실 겁니다. 너무 걱정하지 않으셔도 돼요."

남궁혁은 머뭇거렸다. 열 번 찍어 안 넘어가는 나무 없다고, 끈질기게 물어보면 안 될까?

하지만 마교의 추적에도 자신의 신념에 따라 마신석 상자를 지켜 온 여인이다.

고작 남궁혁의 끈질김 따위에 넘어가 입을 열 것 같지 않았다. 성격에 안 맞는 일이기도 하고.

남궁혁은 깔끔하게 물러나기로 했다.

"그러면 할 얘기는 끝난 거 같으니 전 이만 돌아갈게요. 쉬세요."

"감사합니다."

전각을 한 바퀴 돌자 입구 쪽에서 팽천룡이 남궁혁을 기다리고 있었다.

"천룡, 가자."

"잠깐만."

팽천룡은 남궁혁을 내버려 두고 주아흔에게 저벅저벅 걸어갔다.

진지한 얼굴을 보니 뭔가를 결심한 모양이었다.

만난 지 얼마나 됐다고, 설마 연모의 감정이라도 고백하려는 건가?

남궁혁의 얼굴이 심각해졌다.

아무리 투항했다고는 해도 상대는 마신녀이고, 팽천룡은 팽가의 소가주인데.

그냥 내버려 둬도 되려나?

"무슨 일이십니까, 팽 소협."

"제게 잠깐 시간을 내주셨으면 합니다."

남궁혁은 팽천룡의 뒤에 있는 상황이라 그의 얼굴이 보이지 않았지만, 목소리가 살짝 떨리고 있음은 느낄 수 있었다.

"죄송합니다. 오늘은 이만 혼자 있고 싶군요."

그러나 주아흔은 단칼에 팽천룡의 부탁을 잘라 냈다.

실제로도 그녀는 꽤 피곤했고, 혼자 시간을 보내고 싶었다.

남궁혁과 얘기하면서 애써 덮어 두었던 교에서의 일이 생각난 탓이었다.

아무리 도망쳤다고 해도 그곳은 그녀의 고향이었고, 그녀가 찌른 남자는 서로 연모했던 약혼자였다.

게다가 얼마나 많은 이들을 잃었던가.

도망의 세월들이 하나둘 떠오르면서 그녀는 급격하게 우울해졌다.

그 쓸쓸함을 달래기 위해서는 시간이 필요했다.

"그럼 이만."

주아흔은 가볍게 예를 취한 후 팽천룡에게서 돌아섰다.

그런 그녀에게서는 가을바람과 같은 쌀쌀함이 느껴졌다.

팽천룡은 저도 모르게 주아흔의 뒤를 따라가려고 했다.

그러나 남궁혁이 서둘러 다가와 그의 어깨를 붙잡고 낮게 속삭였다.

"멍청아, 어딜 따라가?!"

"그치만."

"혼자 있고 싶다잖아. 혼자 있게 해 줘."

남궁혁이 멀어지는 주아흔을 보며 팽천룡의 어깨를 더욱 세게 잡았다.

"……외롭지 않겠나. 그런 얼굴이었는데."

팽천룡의 말처럼 주아흔의 얼굴에는 뚜렷하게 외로움이 배어 있었다. 남궁혁도 그걸 모르진 않았다.

"누가 함께 있길 바랐으면 말을 했겠지. 게다가 아무리

네가 주 소저에게 호감이 있다고 해도, 그녀에게 넌 적진의 사람일 뿐이라고. 네가 곁에 있어 봤자 경계하느라 피곤만 늘 뿐이야."

남궁혁의 말은 구구절절 옳았다.

게다가 은태림이 들은 소문에 의하면 남궁혁을 사모하는 여인이 그렇게 많다던가.

그렇다면 적어도 무뚝뚝한 자신보다는 여인의 마음을 잘 알 게 분명했다.

"그러면 내가 어떻게 하면 좋겠나."

팽천룡은 남궁혁의 조언을 경청하겠다는 듯 물었다. 남궁혁의 답은 간단했다.

"기다려."

"기다리라고?"

"경계심 강한 길고양이와 친해지려면 어떻게 해야겠어? 먼저 다가가면 절대 안 되지. 나는 너를 해칠 마음이 없다, 네가 나를 믿을 때까지 가만히 기다리겠다. 그걸 보여 줘야지. 상대의 신뢰를 얻는 방법은 다 비슷비슷한 법이라고."

미래를 생각한다면 차라리 지금 팽천룡이 주아흔에게 거절당하는 게 나을 것이다.

하지만 은태림이 금화전장의 일로 축 처져 있는 판에 팽천룡까지 우울해지면 남궁혁이 속 터져 죽을지도 몰랐다.

"그런 건가."

"그런 거야. 기다리는 거 잘 하잖아?"

팽천룡이 남궁옥에 대해서 했던 말을 스리슬쩍 인용하면서, 남궁혁이 팽천룡의 어깨를 툭툭 두드렸다. 격려의 표시였다.

"……알았다."

팽천룡이 고개를 끄덕였다. 그리고 주아흔이 사라진 자리를 바라보았다.

"나 먼저 간다."

저러다 돌아오겠지. 남궁혁은 팽천룡이 좀 더 주아흔의 자취를 찾다 오게 내버려 두고 별채로 돌아갔다.

그렇게 한 시진이 흘렀다.

조언을 하긴 했지만, 남궁혁도 팽천룡이 그 자리에서 가만히 서서 주아흔이 오기를 기다리고 있을 거라고 생각하지는 못했을 것이다.

그건 주아흔도 마찬가지였다.

전각 주변을 돌며 생각을 정리한 주아흔은 안으로 들어가려다가 망부석처럼 그 자리에 서 있는 팽천룡을 발견하고 멈칫했다.

지나칠까 하던 그녀는 결국 팽천룡에게 다가갔다.

"여기서 뭐 하고 계신 건가요?"

"기다리고 있었습니다."

"……저를요?"

"혼자 있고 싶다고 하셔서."

팽천룡은 무뚝뚝하지만, 최대한 부드럽게 말했다.

"같이 있어 드려도 될 때까지 기다려 보려고 했습니다."

그의 말에 주아흔이 풋 웃음을 터트렸다.

교를 떠나 도주한 이후 처음으로 지어 보는 미소였다.

주아흔은 팽천룡에 대해 경계하는 부분이 없잖아 있었다.

아무리 정파에 몸을 의탁했다고는 하나 정파를 완전히 믿을 수는 없으니까.

팽천룡은 그런 정파의 한 축인 팽가의 소가주였다.

자신에게 호감을 보이긴 했지만 그걸 이용하고 싶지는 않았다. 그만큼 그녀는 지쳐 있었다.

하지만 이런 순수한 호의라면 조금은 마음을 열어도 되지 않을까.

"그러면, 차라도 같이 드시겠어요?"

주아흔의 제안에 팽천룡의 얼굴에 화색이 돌았다. 그는 마치 소년처럼 웃으며 고개를 끄덕였다.

"물론입니다."

주아흔이 팽천룡을 안으로 안내했다.

그녀를 뒤따라가면서, 팽천룡은 역시 남궁혁의 말을 듣기 잘했다고 생각했다.

마치 어른 말을 잘 들어 자다가 떡이 광주리째 생긴 기분이랄까. 남궁혁이 자기보다 어리긴 하지만.

소 뒷걸음치다 쥐 잡듯이 진실에 얼추 근접한 팽천룡이었다.

물론 그가 그 사실을 깨달을 것 같지는 않았다.

第三章

마교, 손발이 잘리다

마교의 본산인 화염산에 짙은 석양이 내려앉았다.

그 흙의 색이 붉고 타오르는 열기 때문에 범인의 접근을 허락하지 않는다 하여 화염산이라 불리는 이곳.

안 그래도 붉은 봉우리에 짙디짙은 석양이 드리우니 그 모습은 마치 피를 뒤집어쓴 것 같았다.

마교의 십삼 대 교주, 마함천은 화염산의 높은 봉우리 끝, 마신을 위해 만들어진 제단에 서서 산 아래를 내려다보았다.

사막의 모래 또한 핏빛으로 젖은 채, 간헐적으로 부는 더운 바람에 흩날리고 있었다.

초목 하나 제대로 자라지 못하는 저주받은 땅.

마교가 중원에서 쫓겨나 이 사막으로 들어온 지도 어언 백여 년이다.

마함천의 조부가 교인들을 이끌고 화염산에 터전을 마련했으며, 아비가 교의 성세를 확장했다.

그리고 마함천의 대에 와서는 다시 중원으로 돌아가기 위해 차근차근 준비를 시작했다.

중원 전체에 뿌리내린 정파 무림의 사이에 침투하는 것은 쉽지 않은 일이었다.

허나 마교가 거친 모래바람과 싸우며 결속을 다져 가는 동안, 중원 무림은 부패하기 시작했다.

마함천은 그 틈을 이용해 교의 수족들을 정파의 요소요소에 배치했다.

수법은 다양했다.

기존의 대문파의 사람을 바꿔치기 하기도 했고, 문파장의 신뢰를 얻어 후계자가 되는 식으로 문파를 흡수하기도 했다.

그런 식으로 만들어진 것이 바로 항주의 금화전장이었다.

금화전장은 각지에 만들어진 교의 비밀 지부에 자금을 융통하는 것은 물론, 정도 무림에 교가 침투하기 쉽게 만들어 주었다.

거대 전장의 신용을 이용해 많은 사람들을 추천할 수 있었으니까.

금화전장을 교두보로 해 잠입한 마인들의 숫자는 셀 수 없을 정도였다.

그랬던 그들이 때가 되어 가을걷이를 하는 것처럼 모조리 뽑혀 나갔다.

무림맹 놈들이 대체 어떻게 알았는지, 금화전장부터 하나둘 마교가 심어 놓은 첩자들을 색출해 낸 것이다.

금화전장에는 그간 각 비밀 지부에 돈을 공급한 장부가 있었으니 당연하다면 당연한 결과였다.

문제는 금화전장이 어떻게 들통이 났느냐는 것이다.

비밀 지부가 괜히 비밀 지부인가.

그들은 금화전장의 관리에 있어, 다른 지부보다 세 배 이상의 심혈을 기울였다.

의심을 사지 않기 위해 일부러 교인이 아닌 타인을 전면에 내세웠고, 파견된 이들도 정예 중의 정예였다.

무공은 물론 정파에 아무렇지 않게 잠입할 수 있는 처세술, 거기에 교에 대한 충성심까지 완벽했던 교의 형제들.

다른 곳도 아니고 금화전장의 정체가 들통났다는 것은 단 하나를 의미했다.

"천마신녀……!"

교주의 굵은 손마디에서 우두둑 소리가 났다. 주먹 쥔 손이 파르르 떨렸다.

평범한 마인들과는 비교조차 할 수 없는 시뻘건 마기가 교주의 손에 어렸다.

마치 주먹이 불타는 태양 같았다.

그의 분노처럼 들끓던 마기가 순간 화염산의 한 봉우리를 향해 쏘아져 나갔다.

콰앙—!

쾅쾅, 쾅—!

와르르르르르—!

천 년의 세월 동안 풍화를 버텨 오며 자리를 지켰던 산봉우리 하나가 맥없이 부서져 내렸다.

"후우……."

그러나 그것으로도 교주의 분노를 가라앉힐 수는 없었다.

감히 소교주를 해치고 마신석을 갖고 도주한 걸로도 모자라, 교의 손발을 자르는 짓을 하다니.

마음만 같아서는 당장이라도 추살령을 내리고 싶었다.

무림맹과 대전을 해서라도 그년의 목을 따야 속이 시원할 듯했다.

고작 여인 하나에 목을 매 폐인이 되어 가는 아들 마헌을 되돌려 놓기 위해서라도.

하지만 그럴 수 없었다.

그것이 가장 분했다.

"교주님."

뒤에서 한껏 기세가 죽은 목소리가 들려왔다.

마교의 두뇌, 마뇌 사공도였다.

"뭔가."

마함천은 뒤도 돌아보지 않은 채 싸늘하게 답했다.

마뇌는 그런 교주에게 다가와 그의 등 뒤에서 오체투지했다.

교주가 아니라면 사대호법에게마저도 쉬이 고개를 숙이지 않는다던 마뇌에게서는 보기 힘든 모습이었다.

지금 사공도는 입이 열 개라도 할 말이 없었다.

무림맹 비무 대회에서의 처참한 실패로 인해 마교의 존재가 드러나 버렸으니까.

물론 삼 공자가 남궁혁을 잡으려는 욕심만 부리지 않았어도 그리 쉽게 발각될 일은 아니었지만, 어쨌거나 그 계획의 총 책임자는 마뇌였으므로 그가 고개를 들지 못하는 건 당연한 일이었다.

게다가 그 파급이 실로 무지막지했다.

무림맹은 마교의 준동을 눈치채고 순식간에 사성체제로 전환했으며, 마교에 대한 대항 준비를 착착 진행했다.

항주의 금화전장을 필두로 수없이 많은 비밀 지부들이 제거됐고, 그들이 진행하던 많은 계획들이 수포로 돌아갔다.

중원에 발도 못 디뎌 본 채 이대로 중원 진출을 포기해도 이상하지 않을 상황.

이 모든 것을 진두지휘했던 사공도가 책임을 지는 것은 당연하다.

스스로도 부끄러웠다. 마교 최고의 군사라는 이름이 무색할 정도였다.

교주의 성미에 아직 그를 뇌성(腦成)의 수장 자리에서 끌어내리지 않는 것이 용할 지경.

물론 이것은 비밀 지부가 잇따라 제거됨에 따라, 당장 마뇌를 처벌하면 그 모든 일을 뒷수습할 사람이 없기 때문이었다.

일종의 전화위복이라고나 할까.

그러나 겨우 목숨만 간당간당한 이 사태를 사공도는 결코 복이라고 여기지 않았다.

"무슨 일인가."

"사천에 나가 계셨던 삼 공자로부터 연락이 왔습니다."

"태진이?"

교주가 눈살을 찌푸리며 마뇌에게로 돌아섰다.

요새 같은 시국에 벽태진이라고 좋은 소식을 보내왔을 리가 없었다.

아니나 다를까, 마뇌가 참담한 얼굴로 삼 공자 벽태진의 말을 전했다.

"무림맹이 당가에 잠입해 있던 삼 공자의 신분을 눈치챈 것 같다며, 조만간 철수하겠다는 말을 전해 왔습니다."

"그 아이마저?"

이제 마함천의 목소리에는 허탈함마저 배어 있었다.

마뇌도 힘없이 고개를 끄덕였다.

지금 마교가 잠입시킨 이들 중, 금화전장과 같이 새로운 인물로 끼어든 경우는 거의 대부분 적발됐다.

그들이 각 문파나 단체에 들어갈 때 받았던 소개장이 거의 금화전장의 추천이었던 게 그 원인이었다.

그러나 벽태진의 경우처럼, 기존의 인물을 죽이거나 잡아 둔 뒤 그 인물로 분해 녹아드는 방법은 쉽게 들통나지 않을 거라고 생각했다.

누가 갓난쟁이 시절부터 보아 온 가족이 마인이라고 상상이나 하겠는가.

때문에 전자의 마인들이 몰살되어도 후자의 뿌리들은 살

릴 수 있을 거라고 여겼다.

허나 마함천이 한 가지 모르는 것이 있었다.

남궁혁이 마교의 이 공자 백혈성을 상대할 때, 얼굴을 빌려 문파를 접수하는 놈들의 방식은 이미 다 파악했다는 것이다.

남궁혁은 대력문과 협의 끝에 당시의 사실을 무림맹에 알렸고, 그 사실을 기반으로 각 문파에서는 대대적인 마인 색출이 일어나는 중이었다.

이 상황에서 벽태진도 결국 철수를 결심한 것이다.

삼 공자마저 교로 복귀한다면 나머지 잠입한 마인들은 안 봐도 빤했다.

오랜 대계가 수포로 돌아간 것이다.

"허허허……."

마함천의 허탈한 웃음소리와 함께 거친 모래바람이 불었다.

그의 희디흰 백발이 희뿌연 바람과 함께 힘없이 흔들렸다.

번뜩이던 광기가 아닌, 안개와 같은 눈빛을 한 마함천이 마뇌를 내려다보며 나직이 중얼거렸다.

"마뇌, 내 그런 세상을 꿈꾸었네. 우리를 핍박하고 이 거친 대지로 쫓아낸 중원의 머저리들을 발밑에 두고, 교의 깃

발을 저 넓은 대륙 곳곳에 꽂아 마교천하를 만드는 꿈을!
그날을 고대하며 피를 바친 교인들이 보답을 받는 세상을!
그걸 내 대에서 실현하고 싶었네!"

"……교주님!"

마뇌가 거친 땅바닥에 이마를 찧었다.

돌이 이마 거죽을 찢어 피가 주르륵 흘러내렸지만, 이마
의 상처보다 마음의 상처가 더욱 쓰라렸다.

자신의 입지가 좁아진 것보다, 연달은 실패로 자존심에
상처를 입은 것보다.

마교의 하늘, 천마의 대리자인 마함천이 이처럼 울부짖
는 모습을 보는 것이 더욱 괴로웠다.

그 모습이야말로 마교의 추락을 의미했으니까.

"……허나, 아직 끝나지 않았네."

사공도는 마함천의 말에서 일말의 희망을 읽었다.

희망이라니, 지금처럼 손발이 잘린 상태에서도 희망이
있단 말인가?

그러나 분명 마함천의 목소리는 사지를 잘려 죽기만을
기다리고 있는 자의 것이 아니었다.

생기가 있었다. 활기가 있었다. 그것이 분노의 형태를 띠
고 있다고 하더라도.

사공도는 벌벌 떨며 고개를 들었다. 자신이 들은 것이 과

연 맞는 것일까?

교의 추락에 충격을 받은 나머지 헛소리를 들은 것이 아닐까?

"그게, 그게 무슨 말씀이십니까?"

"천마께서 우리가 앞으로 어떻게 해야 할지 그 길을 알려 주셨다."

"……!"

마뇌가 주먹을 불끈 쥐었다. 바닥의 버석한 모래가 손바닥을 파고들었지만 전혀 개의치 않았다.

마신의 계시가 내려왔다!

마뇌는 천마신녀의 도주야말로 교의 쇠락을 보여 주는 결정적인 증거라 여겼다.

마신의 계시를 받는 천마신녀가 마교를 버렸다는 것은, 그들이 천마로부터 버려졌다는 뜻이나 다름없었으니까.

그러나 교를 버린 천마신녀 대신 교주에게 직접 마신의 말씀이 내려왔다.

그들에게 아직 희망이 있었다. 마신은 그들을 버리지 않았다.

"그렇다면 천마신녀에 대한 처리는 어떻게 할지, 명령을 내려 주십시오!"

마뇌가 희열에 찬 목소리와 함께 다시 머리를 박았다.

주아흔을 제대로 붙잡지 못했던 건 그녀를 죽이면 안 되었기 때문이다.

천마신녀는 천마의 의지를 이 세상에 알리는 존재.

털끝 하나라도 상했다가는 천마의 분노를 살 수 있었다.

지금 같은 상황에서도 주아흔을 처리하지 못한 건, 그녀의 상함으로 인해 마신의 분노를 살까 봐였다.

하지만 이제는 그럴 필요가 없어졌다. 교주에게 그분의 의지가 전해졌으니까.

"그대로 두도록 한다."

그러나 마함천의 입에서는 전혀 예상치 못한 말이 나왔다.

사공도가 벌떡 고개를 들었다.

"하지만 그 계집은 본교를 배신한 죄인입니다. 천마께서도 분명 노하셨을 겁니다! 그 계집이 본교에 입힌 피해가 얼마큼인지를 생각해 보십시오! 최고의 자객들을 보내 피로 죗값을 치르게 하고 일벌백계하셔야 합니다! 그렇지 않고서야 다른 이들에게 면이 서지 않습니다!"

사공도가 격분을 토하며 마함천을 설득했다.

안 그래도 일련의 사태들로 인해 교의 분위기가 심상치 않았다.

이럴 때 천마신녀를 붙잡아 그 죄를 묻는다면 분위기를

쇄신하는 데 큰 도움이 되리라.

어차피 마신이 저버린 이상 천마신녀도 아니지 않은가.

왜 마함천이 그 계집을 처리하지 않으려고 하는지 사공도는 이해가 가지 않았다.

그러나 마함천은 단 한 마디로 그의 불만을 일축했다.

"천마께서 말씀하셨네. 그 또한 그분의 안배시라고."

마함천은 좀 전에 들었던 천마의 음성을 떠올렸다.

　　너희에게 펼쳐진 고난의 길은 앞으로도 더욱 험난하리라. 지금의 가시밭길은 신녀로 하여금 나의 분신을 옳은 곳으로 인도하기 위한 것. 그것은 이 세상을 정화하기 위한 마지막 혈채(血債). 나의 신도들아, 그날이 머지않았느니라.

천마의 말로 미루어 보자면, 주아흔이 그 분란을 일으키고 교에서 도망친 것은 오히려 천마가 안배한 일이었다는 것.

마신석의 행방을 알 수 없게 된 것조차 이미 천마는 예견하고 있었던 것이다.

그렇다면 지금 마신석은, 마신을 강림시킬 수 있는 형태로 변하기 위해 어딘가에서 준비되고 있는 것이다.

그런 것들을 생각하면 마신녀를 처리할 수는 없었다.

주아흔은 그들을 진정으로 배신한 게 아니라, 배신이라는 형식을 통해 천마의 의지를 따라 움직인 것이니까.

교의 비밀 지부에 대한 정보를 팔아넘겨 무림맹의 신뢰를 얻은 만큼, 그녀는 앞으로도 마신의 주요한 패로 활용될 가능성이 높았다.

그렇다면 절대로 그녀에게 손을 대서는 안 되었다.

마뇌 또한 마함천의 뜻을 알아들었는지 고개를 끄덕였다.

"마신께서 내려오시는 길에 교인들의 피가 반석을 닦는 것이네. 앞으로도 만만치 않겠지만 힘내 주게."

"당연한 말씀을 하십니다!"

사공도가 다시금 바닥에 머리를 거듭 찧었다.

정도 무림맹과 마교의 싸움은 지금부터가 진짜 시작이었다.

*   *   *

무림맹주 도맹건은 기분이 좋았다.

무림맹주에게 주어지는, 화려하지는 않아도 기품이 느껴지는 거처에서 문을 젖히고 나온 그는 시원시원한 발걸음으로 집무실로 향했다.

요새 그에게는 좋은 일만 있었다.

꿈 한 번 안 꾸고 잠도 잘 잤고, 몸 상태도 좋았다.

비록 바빠서 검 한 번 휘두를 시간도 없었지만 최고의 상태임은 분명했다. 누군가 지금 그에게 비무를 신청한다면 상대가 누구라도 이길 자신이 있었다.

평생 동안 호적수로 지내 온 남궁세가주 남궁현열조차도 이길 수 있지 않을까?

물론 요새 남궁현열도 기분이 좋으니 그건 장담할 수 없을지 모른다.

그들의 기분이 좋은 이유는 마교였다.

마교 때문에 정파 수장들의 기분이 좋다니, 이게 무슨 말인가.

주아흔으로부터 마교의 비밀 지부 수 곳에 대한 정보를 얻은 무림맹은 파죽지세로 그들을 물리쳐 갔다.

항주에서 시작해 제남, 사천, 서안, 합비, 무한 등.

주요 대도시 대부분에서 마교의 일당들이 검거됐다.

정파의 인사들은 마치 고구마 줄기를 뽑아내는 아이들처럼 신이 났다.

뽑아내는 족족 종아리만 한 고구마가 뽑혀 나오는데, 어찌 신나지 않을 수가 있을까.

몇몇 이들은 도망쳤고 몇몇 이들은 거세게 저항했다. 또 몇몇 이들은 자신들은 오해를 받았다고 항변했다.

허나 정보의 출처는 마교의 내부자인 천마신녀.

그들의 말은 씨알도 먹히지 않았다.

일부 대문파는 이번 일을 계기로 상당한 충격을 받았다.

소중하게 기른 제자들이 사실 마교의 끄나풀이었다니, 충격을 받지 않을 수가 없었다.

특히 그들 중에는 문파가 내세우던 기재들도 있어 충격을 더했다.

자파의 절기를 마교에게 전수한 것이니까.

심지어 마교와 거리가 가까운 공동파에서는 장로 한 명이 마교의 인물과 바꿔치기 된 것이 드러났다.

그야말로 치욕스러운 일이었다.

이에 공동은 마교와의 일이 정리되는 대로 삼십 년 봉문에 들어갈 것을 선언했다.

상황이 이러니 구대문파가 무림맹 내에서 목소리를 내지 못하는 것은 당연한 일이었다.

오대세가가 무림맹 내에서 주도권을 쥐기에 최적의 기회였다.

하지만 이 충격의 도가니에서 오대세가도 예외는 아니었다. 사천 당가의 이 공자 당경천이 실종된 것이다.

천마신녀는 실은 그가 마교의 삼 공자인 벽태진이라 밝혔다.

이 문제는 다른 구파의 일에 비해 심각하게 받아들여졌다.

그동안 사천 당가의 독과 약에 대한 정보가 마교로 속속들이 넘어간 것이나 마찬가지니까.

나머지 세가들은 자신들에게 그런 악재가 발생하지 않은 것을 다행으로 여기며 안도의 숨을 내쉬었다.

도맹건의 입장에선 사성체제를 강화하기에 더없이 좋은 기회였다.

이번 기회를 잘만 이용하면 도맹건이 무림맹주를 맡으면서 계획했던 원대한 꿈, 단일 문파로서의 무림도 꿈은 아닐지 몰랐다.

무림맹이 중심이 되고 모든 문파와 세가는 무림맹의 지부가 되는 것이다.

그렇게 무림의 힘을 한 곳에 모은다면 황제를 몰아내고 무림이 중원을 지배할 수도 있었다.

구파일방과 오대세가의 무력, 금력은 감히 관과도 겨룰 수 있는 수준이니까.

화경과 현경의 고수들이 모인다면 금위군도 상대가 아니었다.

그렇다면 도맹건 자신은 무림인으로서 최초의 황제가 되리라.

구파일방과 오대세가, 그리고 기타 힘 있는 중소문파들에게 합당한 지위를 약속한다면 결코 꿈은 아니었다.

지금 당장 입 밖에 낼 수 있는 얘기는 아니지만, 도맹건은 그런 불경한 생각을 하며 흥겨운 얼굴로 집무실의 문을 열었다.

오늘도 당장 할 일이 많았다. 붙잡힌 마인들에 대한 처분 결정과 마교의 비밀 지부였던 문파의 재산에 대한 처리, 마교의 진입로인 서안에 무림맹의 부대를 배치하기 위해 소림의 허락을 받는 일까지.

그러나 이 모든 일들이 하나씩 쌓여 미래로 그를 데리고 간다고 생각하니 오히려 일이 쏟아지길 바랄 정도였다.

자리에 앉은 도맹건이 첫번째 문건을 펴들고 붓을 들려는 순간, 문이 벌컥 열리며 제갈민이 들어왔다.

"거 천천히 좀 다니게, 군사. 수성부의 수장이라는 자가 그렇게 체통이 없어서야, 쯧쯧."

도맹건은 서둘러 뛰어온 제갈민이 헉헉대며 숨을 고르는 동안 핀잔을 늘어놓았다.

벌써부터 황제라도 된 듯한 거만함이었다.

"큰일 났습니다, 맹주!"

"큰일이라니. 무슨 큰일 말인가."

도맹건은 느긋하게 문건을 읽어 보며 말했다.

어차피 이번에도 어느 문파나 세가에서 마교의 간자가 발견됐다는 얘기일 것이다.

이번에는 어딜까.

소림? 무당? 아니면 아미파나 해남검문?

어쩌면 오대세가 중 하나일 수도 있다. 오대세가는 지금까지 사천 당가 빼고는 거의 피해를 입지 않았으니까.

기왕이면 기세가 하늘을 찌르는 남궁세가였으면 좋겠는데.

남궁현열은 그래도 공정한 사람이라서 경쟁자인 도맹건이 무림맹주가 되는 데 큰 도움을 주긴 했지만, 장래를 생각하면 날개를 한 번 꺾어 놔야 할 상대기도 했다.

설마 개방은 아니겠지. 도맹건은 실소했다.

아직까지 개방이 마교와 관련되었다는 정보는 나오지 않았다.

마인들도 기왕 첩자가 될 거라면 구대문파 중에서도 이름 있고 명망 있는 곳으로 가고 싶어 하지, 냄새 풀풀 풍기는 개방으로 가 거지 행세를 하고 싶진 않을 것이다.

물론 개방의 정보는 탐이 나겠지만, 개방 거지들의 말에 의하면 거지란 무골을 타고나는 것 이상으로 거지상을 타고

나야 한다니까.

거지가 되고 싶다고 해서 아무나 거지가 될 수 있는 건 아니었다.

어쩌면 대문파 중에서 가장 들어가기가 힘든 곳이 개방일지도.

"이제 숨은 다 골랐나?"

도맹건이 문건을 다 읽어 보고 무림맹주의 인장을 찍은 후 안색이 돌아온 제갈민을 바라보았다.

제갈세가 사람들도 무공을 좀 더 익혀야지, 쯧쯧.

제갈민이 이끄는 수성부와 도맹건의 집무실은 무공을 쓰지 않고 걸어서 한 식경 정도의 거리.

그래도 명색이 무림인인데 이 정도는 거뜬해야지 않은가.

하지만 머리 좋은 제갈가의 사람들이 무공까지 뛰어나면 도맹건의 자리가 위협받을 것이 분명하므로, 도맹건은 그 말을 입 밖에 꺼내지는 않았다.

"그래서, 무슨 일이기에 숨이 넘어가도록 뛰어온 겐가?"

"후우, 그러니까, 천마신녀가 달아났습니다."

"뭐라고?"

도맹건은 책상을 퍽 치며 벌떡 일어났다.

천마신녀가 도망쳤다고?

"그게 무슨 말인가. 어디로!"

"저희도 모릅니다. 좀 전에 항주 지부에서 급보가 왔는데, 분명 주변에 감시를 수없이 세워 놨음에도 불구하고 흔적도 없이 사라졌다고 합니다."

"그럴 수가⋯⋯."

도맹건은 그 자리에 털썩 주저앉았다.

무림을 일통하여 만인지상의 자리에 오를 거라는 허황된 꿈이 와르르 무너지는 소리가 들리는 것 같았다.

천마신녀. 그녀야말로 지금 도맹건과 무림맹의 지위를 단단히 받쳐 주는 반석과도 같은 존재였으니까.

그냥 조무래기도 아니고 천마신녀라는 거물을 확보했다는 사실과 그녀로부터 얻은 확실한 정보는 대문파들이 무림맹을 순순히 따르는 이유였다.

그런데 그 천마신녀가 감쪽같이 사라지다니!

"대체 항주 지부는 뭘 한 건가!"

쾅!

도맹건이 주먹으로 책상을 내려쳤다. 요란한 소리와 함께 흑단목으로 된 책상이 반으로 쪼개졌다.

우지끈 소리와 함께 책상이 무너지는 모습을 보며 제갈민이 한숨을 내쉬었다.

도맹건은 기본적으로 좋은 맹주였지만, 흥분을 하면 눈앞에 보이는 것이 없는 점이 흠이었다.

그 점 때문에 그는 경쟁자인 남궁현열에게 늘 한 수 처진다는 세간의 평을 받곤 했다.

"제 생각에는 천마신녀가 저희의 계획을 눈치챈 것 같습니다."

그 계획이라 함은 천마신녀 주아흔을 무림맹이 있는 대파산으로 데려오는 것이었다.

주아흔은 항주에서 발견된 후 움직이질 않았다.

무림맹 사람들과 직접적으로 만나는 일도 없어서, 그녀와의 연락은 항주에 파견된 천무대원들이 도맡았다.

제갈민은 여러 차례 그녀를 대파산으로 모시겠다는 초청장을 보냈지만 주아흔은 그 때마다 요청을 거절했다.

천무대 대주인 남궁혁조차도 그녀를 마교의 진입로인 서안과 가까운 대파산으로 데려가느니 항주에 두는 것이 낫다고 의견을 보내왔다.

또한 지금처럼 천마신녀의 거취에 모든 문파들이 촉각을 곤두세운 상황에서 섣불리 움직였다간, 마교로 인해 결속력을 얻은 무림이 사분오열될지 모른다는 말도 함께였다.

제갈민은 남궁혁의 의견이 타당하다고 생각했다. 하지만 도맹건은 아니었다.

그는 멀리서 천마신녀의 의견을 받는 것만으로는 만족하지 못했다.

때문에 제갈민을 시켜 천마신녀를 강제로 대파산으로 데려오는 계획을 준비하라 일렀다.

제갈민은 반대했다.

아무리 상대가 마교의 천마신녀라지만, 그녀는 무림맹에 수많은 정보를 제공하고 보호를 요청한 망명자가 아닌가. 무림맹은 그녀를 예의로 대해야 할 의무가 있었다.

그들이 사도맹도 아니고 어찌 납치나 다름없는 짓을 할 수 있는가.

그러나 도맹건이 밀어붙였다. 어차피 이런 단체를 이끄는 이상 늘 공명정대할 수만은 없지 않냐고.

결국 그 일을 진행하기로 결정한 지 하루가 지났다. 고작 하루.

무림맹 내에 비밀 정보통이 있다고 해도 항주까지 연락이 닿을 시간은 아니었다.

게다가 도맹건은 이 문제에 대해서 제갈민과만 의논했다.

제갈민이 직접 천마신녀에게 도망치라 주의를 보낸 게 아니라면 천마신녀가 이 일을 알고 도망쳤을 리는 없었다.

도맹건은 제갈민을 믿었다. 그래도 그와 오랜 세월 함께해 온 군사가 아닌가. 최종적으로 천마신녀를 무림맹 내에 두는 게 이득이라는 데도 동의했으니까.

그렇다면 대체 뭔가. 마신을 모시는 신녀라더니, 예지력이라도 있었던 걸까?

"어떻게 할까요, 맹주. 그녀는 우리에게 투항한 입장이라 추적 명령을 내리는 것도 여의치 않습니다."

"적당한 죄를 뒤집어씌우면 안 되겠나?"

무림맹 사람을 죽인 죄를 만들어 주아흔을 추적하자는 뜻이었다. 제갈민이 고개를 저었다.

"아무리 맹의 일을 하다 보면 더러운 일을 할 때도 있다지만, 우리가 사도맹은 아니지 않습니까."

"그건 그렇지만, 이렇게 천마신녀를 놓치는 것은……."

"어차피 그녀는 마교로 돌아갈 수 있는 몸도 아닙니다. 지금은 우리가 슬슬 자신을 붙잡아두려는 것을 눈치채고 도망쳤을지도 모르겠지만, 결국 우리에게 의탁할 수밖에 없을 겁니다. 이 천하에 천마신녀가 갈 곳이 어디 있겠습니까? 마교와 무림맹을 피할 만한 곳은 황궁 정도밖에 없습니다. 조금 기다려 보시면 제 발로 다시 돌아올 겁니다."

"그렇군."

도맹건은 침착함을 되찾았다. 제갈민의 말은 설득력이 있었다.

게다가 실질적으로 천마신녀에게서 **빼내야** 할 정보는 다 **빼낸** 상황.

그들은 무림맹 내에 있는 마교의 비밀 지부부터 시작해

각 문파의 간자들에 대한 정보를 받았으며, 마교가 중원 침공을 위해 몇 가지 계획을 세웠는지도 들었다.

물론 마교의 지휘 체계나 마인들의 무공 등 더 들어야 할 얘기가 많긴 했지만 지금으로서는 이 정도로도 충분했다.

정말 마교의 침공이 가시화되거나 마교를 역으로 침입해 들어가야 할 때쯤이면 제갈민의 말마따나 그녀가 직접 무림맹으로 돌아오리라.

그걸 생각하면서 도맹건은 흥분을 가라앉혔다.

이미 무림맹의 사성체제는 기세를 탔다. 한 번 속도가 붙은 배는 쉽게 멈추지 않는다. 천마신녀가 없다고 해서 자신의 기반이 흔들릴 리는 없다.

"오히려 이 상황에서는 천마신녀가 사라졌다는 사실을 함구하는 게 좋을 거 같습니다."

"그렇군. 좋은 생각이오, 군사."

그렇게 주아흔의 실종은 무림맹 내에서 비밀로 부쳐졌다.

머무는 사람 없는 금림상단의 별채에는 무림맹의 사람들이 계속 경비를 섰고, 쓰지도 않은 침구를 갈기 위해 시녀가 들락거렸다.

항주 지부의 사람들은 큰 질책을 받지 않게 된 것을 다행으로 여기며 기꺼이 그녀의 부재를 감췄다.

남궁혁은 주아흔이 머물던 전각의 맨 위층을 바라보고 있었다.

그는 천마신녀가 사라질 것을 예상하고 있었다. 바보가 아니라면야 최근 동향으로 보아 무림맹이 어찌 나올지 눈에 선했으니까.

게다가 그녀는 마신에게서 일종의 계시 같은 걸 받고 있다고 하지 않던가.

그 순수한 마기를 미루어 보면 실력도 그리 하수는 아닌 듯싶었다. 마교의 대공자에게 상처를 입힐 정도니까.

그런 그녀에게 항주 지부의 무인들 몇몇의 감시쯤이야 별것도 아니었으리라.

남궁혁은 그녀가 어디로 갔을지 대충 짐작하고 있었다.

무림맹과 마교의 눈을 피할 수 있는 곳. 황실로 향했을 것이다.

남궁혁이 자무군주가 있는 정강왕부를 추천하기도 했고, 주아흔이 이를 긍정적으로 검토한다고 했으니.

'다만 문제라면……'

남궁혁은 시선을 돌려 다른 전각을 바라보았다. 남궁혁과 친구들이 머무는 곳이다.

은태림은 기운을 차렸다.

각 씨 일가는 그간의 공로와 사회적 파장을 고려해 마교에 직접적으로 가담했던 각해평만 뇌옥에 갇히는 것으로 일 단락되었다.

동생인 각해명이 무림맹에 절대적인 협조를 공언하고, 금림상단과 금화전장을 통합하면서 무척이나 바빠졌기에 은태림은 그를 돕느라 여념이 없었다.

원래 사람이 힘들 땐 일에 몰두하는 게 최고라고 하니까.

나태영도 잘 지냈다.

이번 여정에서 가장 득을 본 건 나태영이 아닐까?

남궁혁 일행과 함께하면서 그 소심한 성격을 제법 고친 데다가, 이번 일을 통해 사문으로부터 엄청나게 칭찬을 받았기 때문이다.

무림맹에 있는 공동의 장로가 무슨 말을 본문에 전한 건지, 엊그제 공동파 본산에서 나태영에게 돌아오자마자 대단한 절기를 전수해 주겠다는 연락을 보냈다고 한다.

게다가 여기는 항주. 온갖 물자가 다 모이는 도시다.

나태영은 매일 같이 시장을 돌아다니며 진귀한 식재료를 사서 음식을 하는 재미에 푹 빠져 있었다.

음식을 대접하는 상대도 남궁혁 일행을 넘어서 금림상단과 항주 지부의 사람들까지 그 대상이 넓어지다 보니, 다양한 사람들에게 칭찬을 들으면서 나날이 자신감도 되찾아 갔다.

항주의 유력인사들 사이에서는 금림상단에 있는 무림인 숙수에 대한 이야기가 쫙 퍼질 정도여서 나태영은 매일매일 새로운 사람들을 만나느라 바빴다.

그야말로 나태영 인생의 황금기라고나 할까.

'문제는 천룡이지.'

남궁혁은 한숨을 푹 내쉬었다.

주아흔이 남궁혁을 불렀던 날. 남궁혁이 먼저 돌아가고 대체 무슨 일이 있었는지, 팽천룡과 주아흔은 종종 같이 시간을 보내며 좋은 분위기를 보여 주었다.

특히 팽천룡은 평소의 그 무뚝뚝한 표정은 어디 버렸는지 매일매일 싱글벙글이었다.

한번은 주아흔과의 혼인을 본가에 허락 받으려면 어떻게 해야 할까 진지한 자세로 남궁혁에게 조언을 구한 적도 있었다.

그랬던 주아흔이 흔적도 없이 사라졌다. 아무 언질 없이.

이 상황에서 팽천룡이 낙심한 것은 당연하다면 당연한 일이었다.

하루 이틀은 항주를 전부 헤집고 다녔다.

하지만 주아흔이 완전히 사라졌다는 것을 깨달은 후론 방에 틀어박혀 누구의 방문도 받지 않았다.

심지어 며칠은 곡기를 끊기도 했다. 그만큼 충격이 큰 것이다.

벽곡단 몇 알로 몇 달을 보내기도 하는 무림인이니 며칠 굶는 걸로 몸이 상할 거라고 생각하진 않았다.

문제는 마음의 상처였다.

은태림처럼 다른 몰두할 것도 없는 상황. 대체 뭐로 팽천룡을 돌려놓는단 말인가?

남궁혁도 어제야 겨우 팽천룡의 얼굴을 보았다.

그는 며칠 사이에 삶의 이유를 잃어버린 사람 같았다. 최고의 후기지수라 불리던 천룡도의 모습은 찾아볼 수 없었다.

남궁혁은 무림맹이 최선을 다해 찾고 있다는 말만 남기고 팽천룡의 방을 나왔다.

어디로 갔는지 짐작은 하고 있지만 그걸 팽천룡이 알아 버리면 주아흔이 곤란해 할 테니까.

어떻게 생각하면 부럽기도 했다. 운명적인 상대를 만나는 것은 누구나 꿈꾸는 일이 아닌가.

자신의 부와 권력, 지위와 신분, 가족과 목숨까지 저버릴 정도의 사랑.

물론 남궁혁은 이십 대의 어린 사내가 아니었으므로 사랑의 형태는 다양하다는 것도 잘 알고 있었다.

팽천룡처럼 갑자기 풍덩 빠져 버리는 연정이 있는가 하

면, 가랑비에 옷 젖듯 천천히 젖어 가는 사랑도 있는 법이다.

남궁혁은 후자를 선호했다.

광석들이 오랜 시간과 여러 번의 압력을 거쳐 단단한 형태를 갖추는 것처럼, 천 번의 담금질 끝에 유연하면서도 강한 한 자루의 검이 되는 것처럼.

자신과 오랜 시간을 함께하며 고락을 같이하고, 미래에도 그것이 변함없을 거라 서로 확신하는 사이.

남궁혁은 그것이 자신의 사랑이라 생각했다.

먼 하늘을 바라보는 남궁혁의 눈동자에 그리움이 배어났다.

민도영이 보고 싶었다.

*　　　*　　　*

청성파의 청창대 이 조 조장인 이태력은 쓴 맛이 나는 이파리 하나를 질겅질겅 씹고 있었다.

그의 눈앞에는 텅 빈 초가집 한 채가 덩그러니 놓여 있었다.

딱 봐도 사람이 살지 않게 된 지 수십 년이 넘어 보이는, 이제 집이라고 부르기도 민망할 정도의 공간.

그곳을 청창대 이 조 조원 스무 명이 이 잡듯이 뒤지고 있었다.

"정말 일일이 이라도 잡는 모양새구만."

그는 투덜거리며 적당한 바위 위에 걸터앉았다.

무림맹이 사성체제로의 전환을 선포하고 각 문파에 무인들의 차출을 요구한 지도 벌써 석 달이 흘렀다.

초창기에는 성과가 좋았다. 주아흔의 정보는 팔 할 이상의 확률로 맞아떨어졌고, 무림맹은 습격하는 곳마다 마인들을 잡아들였다.

다소 피해를 입기도 했지만 상대의 규모와 실력을 이미 파악하고 있는 상황에서의 접전은 무림맹에게 완벽한 승리를 가져다주었다.

그러자 각 문파에서도 무림맹에 협조를 아끼지 않았다. 무인들도 마찬가지였다.

신나는 일이 아닌가. 마치 답을 알고 치는 시험 같았다.

무림맹 무사들의 사기는 날로 올라갔고 비밀 지부를 치는 일은 기세가 올랐다.

딱 삼 개월까지 그랬다.

마인들은 감쪽같이 사라졌다.

정보원이었던 천마신녀가 종적을 감춤으로서 더 이상의 정보가 없었던 탓도 있었지만, 붙잡은 마인들을 통해 알아

낸 비밀 지부에서도 마교의 흔적은 찾을 수 없었다.

무림맹은 당황했다. 그렇다고 이제 와 마교에 대한 수색을 멈출 순 없었다.

어떻게 멈춘단 말인가. 무림맹은 돛을 폈다. 닻을 거두고 순항을 시작했다. 속도를 늦추는 데는 상당한 반발이 필요하다.

여기서 조금 더 나아가 무림사에 길이 남을 위업을 세우지 않으면 사성체제는 아니한 것만 못하다.

도맹건은 수색을 감행했다.

그 결과는 지금 청창대가 수색하고 있는 빈집 같은 허탕의 연속이었다.

사실 예견된 일이었다. 마교라고 멍청이들은 아닐 테니까. 완전히 뿌리 뽑히지 않으려면 서둘러 꼬리를 잘라야 한다는 것을 그들도 잘 알고 있었을 것이다.

마교는 붙잡힌 마인들을 구하기 위한 공세도 펼치지 않았다.

갑작스레 사라진 천마신녀처럼, 마교는 마치 원래부터 중원 땅에 존재하지 않았던 것처럼 사라졌다.

"조장. 여기도 허탕입니다."

이태력의 청창대 이 조는 벌써 다섯 번째 허탕을 치는 중이었다.

"여객이 흘리고 간 야화첩 하나 건졌네요."

"좋아. 그러면 다음 지역으로 이동한다."

"또 허탕 치러 가는 겁니까?"

부하가 실소를 흘렸다. 어쩔 수 있나. 청성파는 청창대 전부를 무림맹에게 의탁했고 그들은 무림맹의 명령을 따라야 하는 상황이었다.

청성은 이번 일에 늦게 끼어든 바람에 다른 문파의 부대들과는 달리 마교가 흘린 동전 한 닢도 줍지 못했다.

그야말로 고생은 고생대로 하고 허탕은 허탕대로 치고 있는 셈이다. 차라리 일찍 참여해서 초반에 공이라도 좀 세웠더라면 덜 짜증 났을 텐데.

"대체 마교 이놈들은 어디로 튄 거야?"

이태력은 이파리를 퉤 하고 뱉어 버렸다. 입에서는 쓰디쓴 맛이 감돌았다.

연달아 이어지는 허탕에 무림맹에서는 말이 안 나올 수가 없었다.

잠입한 간자가 들통나 명예에 큰 손상을 입었던 대문파들이 들고일어났다.

그들은 어떻게든 마교를 잡아 명예 회복을 해야 하는 상황이었다.

그런데 마교가 눈에 보이질 않다니! 초반의 백발백중이던 정보원은 대체 어디로 간 건가!

사람들이 도맹건을 달달 볶았지만 도맹건은 침묵했다. 중요 정보원인 만큼 신분을 보호해 주어야 한다는 명분에서였다.

또한 정보원이 주요 내부인이기는 하지만 마교가 발 빠르게 대처하고 있으므로, 정보원이 알고 있는 정보를 최대한 활용하기 위해서는 의심하지 말고 더욱 열심히 수색에 임해야 한다는 말도 함께였다.

틀린 말이 아니었기에 무림맹의 원로들은 꾹 참았다.

그렇지만 이런 허탕이 계속해서 이어지자 더 이상 가만히 있지 않았다.

원로들은 대회의를 요구했다.

사성체제에서 대문파들이 힘을 쓸 수 있는 유일한 방법이었다.

원로들이 제안한 안건에 대해 맹주 또한 원로들과 마찬가지로 한 표만 행사할 수 있는 회의.

다행히 수성부의 제갈민을 비롯해 화성부의 남궁현열도 더 이상의 수색은 불필요하다고 판단했기에 대회의는 빠르게 개최되었다.

대회의는 일전과 같은 장소에서 열렸다.

하지만 그때처럼 분위기가 밝지는 않았다.

도맹건은 회의장으로 들어서며 앉아 있는 원로들의 얼굴을 짜증스럽게 둘러보았다.

'조급하기만 하고 참을성 없는 늙은이들 같으니라고.'

그 말을 입 밖으로 내진 않았지만 그의 짜증은 얼굴에 다 드러나 있었다.

깊은 수양을 거친 무인답지 않았다.

제갈민은 요란한 발소리를 내며 회의석에 앉는 도맹건을 보며 한숨을 푹 내쉬었다.

공명정대하고 성품이 온화하기로 유명했던 도맹건은 이번 사성체제를 겪으며 사람이 변했다.

욕심이 많아졌고, 무모한 결정을 내렸다.

그것도 무림과 맹을 위해서가 아니라 사적인 성공과 명예를 위해서.

제갈민은 새로운 바람이 불어야 할 때임을 인지했다.

'차세대 무림맹주로 누구를 지지하는 게 좋을까?'

제갈민은 회의석에 앉아 있는 이들의 면면을 훑어보았다.

제갈세가는 대대로 수성부라는 사성체제의 한 축을 차지하고 있었으므로 무림맹주 선출에 꽤나 권한을 갖고 있는 입장.

사실상 제갈가의 손을 잡는 이가 무림맹주가 된다고 해도 과언이 아니다.

지난번 맹주 선출 당시 제갈가의 가주는 남궁현열을 지지했다.

그러나 남궁현열이 제갈가주에게 도맹건을 도와 달라고 요청하며 발을 빼는 바람에 도맹건이 맹주 자리에 오른 것이다.

남궁현열이 물러난 것은 단순히 그가 공정하기 때문만은 아니었다.

남궁세가주쯤 되는 거물이 무림맹주 자리에 오르는 것을 다른 문파들이 가만두지 않았기 때문이다.

하지만 이번엔 다르다.

이 자리에 있는 원로들은 각 문파 내에서도 정치에는 도가 튼 이들.

지난 삼 개월의 무리한 수색이 도맹건의 야욕 때문이라는 사실을 대부분 눈치챈 상황이다.

이렇다 할 자신의 기반이 없는 맹주가 무림맹을 통해 자신의 사리사욕을 채우려 한 것이다.

그렇다면 다음 맹주는 차라리 자기 기반이 있는 자가 낫지 않을까?

모두가 그런 생각을 하고 있으리라.

'소림이나 무당은 이번 일의 후처리를 감당하지 않으려고 할 거야. 아미파는 무림맹을 맡을 여력이 없고. 공동이나 다른 대문파들은 이번 일로 명예에 큰 타격을 입었지. 개방은 무림맹 창설부터 맹의 요직은 맡지 않겠다 선언했고, 남는 건 오대세가나 해남검문 정도인가?'

제갈민은 이번엔 이 자리에 있는 오대세가의 인물들을 둘러보았다.

제갈세가는 대대로 맹주 자리보다 배후의 권력을 선호했다. 문제가 일어나도 져야 할 책임이 적으니까.

그렇다면 적당히 내세울 만한 인물을 골라야 한다.

사천 당가는 이번 일에서 명예에 가장 큰 손상을 입은 가문이므로, 당분간 맹의 일에 아무런 의견 행사가 없으리라. 진주 언가 또한 마찬가지였다.

모용세가는 이번 수색에 지나치게 소극적이었다. 무슨 이유에서인진 모르겠지만. 그런 이들이 맹을 맡아 봤자 허수아비보다 못한 존재가 되리라.

남는 건 하북 팽가와 남궁세가, 그리고 해남검문 정도.

해남검문의 문주를 맡고 있는 검필(劍筆) 차련민은 뛰어난 여검객이다.

검후의 사매로서 그녀의 지지도 있고, 정치적인 감각 또한 뛰어나다. 융통성이 있으면서도 확실히 처리해야 하는 일에는 강단이 있고, 모든 문파와 두루두루 친하므로 맹주를 맡기에 부족함이 없다.

소수 정예의 문파이므로 맹주 자리를 차지한다고 해서 위협적일 정도로 세가 커질 염려도 없고.

게다가 긴 무림사에서 슬슬 여자 맹주가 나올 때도 되지 않았는가.

한 가지 단점이라면, 차련민은 제갈민으로서도 쉽게 다룰 수 없는 인물이라는 점.

그녀가 맹주가 된다면 제갈세가는 배후의 권력자가 아니라 단순한 장기 말 중 하나가 될 것이다.

하북 팽가는 더욱 좋지 않았다. 팽가주는 제갈가를 싫어했다. 과거에 제갈가주와 한 여인을 두고 다투었는데, 제갈가주가 이겼기 때문이다.

수십 년이나 지난 일이긴 했지만 의외로 무림이란 이런 사소한 은원이 생사를 결정하기도 하니까.

'결국 남궁세가뿐인가?'

제갈민은 태평하게 회의 상황을 지켜보고 있는 화성부의 수장이자 남궁세가주인 남궁현열을 바라보았다.

남궁세가는 제갈가와 오랜 세월 좋은 관계를 유지해 왔다. 지난번 맹주 선출 때도 제갈가는 그들을 지지하지 않았나.

또 이번에 제갈가의 여식이 남궁세가의 주요 방계와 상당한 친분을 쌓지 않았던가.

게다가 남궁세가에는 맹주로 지지하기 적당한 인물도 있었다.

청마일검 남궁현암.

남궁가주의 방계 친척으로 방계에 대한 기회의 폭을 넓혀 준다는 적당한 이유도 있고, 남궁현열과 달리 남궁현암은 무공 수련에만 몰두하는 이라 제갈세가가 뒤에서 손을 쓸 수 있는 여지도 있다.

이번 일로 도맹건은 원로들에게 신뢰를 잃었다. 맹주 교체를 위한 의견을 모으는 일은 손쉬우리라.

'가주님께 연락을 해 봐야겠군.'

제갈민이 자신을 맹주 자리에서 내릴 생각을 하고 있음은 꿈에도 모른 채, 도맹건은 고개를 빳빳이 세우고 회의를 진행하기 시작했다.

"그렇다면 여러분께서는 이 도 모가 마교에 대한 수색을 중지하길 원하시는 겝니까?"

"무림맹이 언제부터 맹주의 사적인 집단이 됐소이까?"

당문의 원로가 도맹건의 말이 불편하다는 듯 수염을 쓰다듬으며 답했다.

방금 도맹건의 발언은 무림맹이 곧 그를 위해 존재하는

것처럼 들리기도 했다.

다른 원로들도 말은 안 했지만 불쾌한 기색을 여과 없이
드러냈다.

'망할 늙은이들. 사성체제에선 맹주의 말이 곧 하늘인 것
을 모른단 말인가?'

허나 지금 상황은 도맹건에게 불리했다. 그는 오랜 세월
무림맹주를 맡아 온 처세술을 한껏 발휘해 사람 좋은 미소
를 지어 보였다.

"제 말이 그렇게 들렸다면 죄송합니다. 이제 그만 안건에
대해 얘기를 하지요."

도맹건이 한 발 물러나자 제갈민이 자리에서 일어났다.

"이미 상황에 대해서는 다들 알고 계실 것이라 생각하므
로 불필요한 설명이나 토론은 생략하겠습니다. 원로분들의
건의에 따라, 현재의 사성체제를 기존 무림맹의 비상 대기
체제로 전환하는 데에 대한 투표를 진행하겠습니다."

투표는 무기명으로 진행됐다.

붉은 패와 푸른패. 두 개의 패를 쥔 원로들은 제갈민이
든 투표함에 각자 하나씩을 집어넣었다.

붉은 패는 사성체제의 유지. 푸른 패는 기존의 무림맹으
로 돌아가는 것이다. 물론 마교에 대한 경계를 게을리하지
는 않으리라.

제갈민이 천천히 회의실을 한 바퀴 돌았다.

같은 재질, 같은 무게의 나무패가 투표함에 쌓여가는 소리가 들렸다.

총 스물한 명의 주요 인사가 투표를 마쳤다.

"마지막은 저로군요."

도맹건이 표를 넣었다. 그는 표를 감출 생각도 없이 붉은 패를 집어 투표함에 넣었다.

제갈민이 회의석상에 투표함을 내려놓았다. 그리고 품에서 제 패를 꺼냈다.

"제가 마지막입니다, 맹주."

도맹건은 보았다. 제갈민이 푸른 패를 투표함에 집어넣는 것을.

"그러면 개표하겠습니다."

모두의 시선이 제갈민의 손으로 향했다.

그의 손에서 푸른 패와 붉은 패가 하나씩 집혀 나오기 시작했다.

푸른 패, 붉은 패, 푸른 패, 푸른 패, 푸른 패…….

푸른 패가 열 개를 넘어가자 도맹건의 얼굴에 당황한 기색이 어렸다.

붉은 패는 한 개 밖에 나오지 않았다. 도맹건의 표였다. 완패다.

"결정 났군요. 무림맹은 기존의 체제로 돌아가되, 마교에 대한 비상 대기는 유지하는 체제로 변경됩니다. 바로 지금 이 순간부터."

짝짝짝, 장로들이 박수를 쳤다. 모두의 얼굴이 환한 가운데 도맹건만이 소태 씹은 얼굴을 하고 있었다.

"그러면 비상 체제의 부대 개편 밑 각 문파의 역할에 대해 논의하도록 하겠습니다. 의견 있으신 분?"

제갈민은 아예 도맹건을 빼놓고 직접 회의를 주재하고 있었다. 그러나 아무도 이에 대해 이의를 제기하지 않았다.

도맹건도 깨달았다. 이제 자신은 제갈세가의 지지마저도 잃어버린 것이다.

* * *

무림맹에서 대회의가 열리고 며칠 후.

남궁혁은 무림맹에서 도착한 서신을 읽는 중이었다.

　　무림맹 사성체제 종결. 천무대는 해산하여 각자의
　　문파로 복귀할 것. — 화성부

주아흔이 도주한 이상 예상한 바였지만 입맛이 썼다.

이참에 마교의 뿌리를 뽑았어야 했는데.

밥을 먹다 만 것처럼 찝찝한 기분으로 섬서로 돌아가야 한다니.

남궁혁은 서신을 접어 품 안에 넣고 창밖의 풍경을 바라보았다.

그간 남궁혁과 친구들은 항주 주변의 문파들을 이끌고 근방의 수색을 도맡았다.

금화전장만큼의 수확은 없었지만 제법 많은 첩자들을 끄집어냈다.

그래도 역시 천마신녀를 확보하고 마교의 비밀 지부 수곳을 밝혀낸 공만큼은 못하리라.

비록 주아흔이 중간에 도주해 버리는 바람에 공로가 약간 빛을 바래긴 했지만 이번 사성체제 내에서 가장 큰 공로를 세웠다고 할 수 있다.

남궁현열이 기필코 남궁혁에게 최고의 상을 줘여 주고야 말겠다고 공언한 만큼 그건 믿을 수 있었다.

"그럼 슬슬 돌아가야 하는 건가?"

남궁혁은 끝없이 펼쳐진 항주의 시가지를 바라보았다.

그 몇 달간 항주에서 마교의 뒤꽁무니만 쫓아다닌 건 아니었다.

시간이 날 때면 항주에서 이름난 대장간을 찾아가 배움

을 요청했다.

금림상단이 적극적으로 도와준 덕분에 폐쇄적인 대장간도 남궁혁에게 선뜻 작업장을 보여 주었다.

자신이 무림에서 다섯 손가락 안에 드는 장인이라지만 다른 장인들에게서도 배울 점이 많으니까.

특히 이곳 항주는 사람이 많고 물자가 많아서인지 신기한 재료를 전문적으로 다루는 장인들이 많았다.

남궁혁은 그곳들을 다니면서 주아흔이 자신에게 맡긴 철상자를 녹이는 방법과 금화전장의 비밀 금고에서 발견한 광물을 녹이는 방법을 찾는 데 주력했다.

특별한 성과는 없었지만, 번화한 도시의 좋은 시설들을 구경한 것만으로도 가치는 있었다.

세가로 돌아가면 항주에서 갖은 물자를 사들여 대장간을 개조할 계획도 세웠다. 금림상단이 물자 매입에 도움을 주기로 했으니 그리 어렵진 않으리라.

'돌아간다라.'

세가를 오랫동안 떠난 것이 처음도 아니고, 친구들과 함께여서 외로운 것도 아니었는데 왜 이렇게 가슴이 설렐까.

역시 가족이랑 오래 떨어져 있어서 그런 걸까?

아무리 좋은 도시도 집만은 못하니까.

이윽고 남궁혁이 있는 방으로 친구들이 들어왔다. 무림

맹의 서찰이 도착했다는 연락을 받은 것이다.

은태림과 나태영, 그리고 팽천룡까지 자리에 앉았다.

주아흔이 사라진 이후로 실의에 잠겨 있던 팽천룡은 자리를 털고 일어난 즉시 눈에 불을 켜고 마교의 행적을 쫓았다.

어쩌면 그들 중 누군가가 그녀의 행방을 알고 있을지도 모른다고 생각한 것이다.

정강왕부로 간 주아흔의 행적을 아는 이가 있을 리 없으니 소득은 없었지만, 덕분에 팽천룡은 조금 기운을 차렸다.

식사도 했고 무공 수련도 재개했다. 겉으로만 봐서는 원래의 팽천룡 같았다. 말수가 적었지만 원래도 말이 적은 녀석이었으니까.

하지만 가끔 가다가 보이는 깊이를 알 수 없는 눈빛은 그가 아직 주아흔을 생각하고 있음을 알게 했다.

"사성체제가 해제됐대. 각자 문파로 돌아가라는데, 너희들은 어떻게 할 거야?"

"난 당분간 항주에 남을 거야."

은태림이었다. 예상한 바였다. 어차피 매화전장은 그가 없어도 잘 돌아가고 있으니까.

"전 사문에서 돌아오라고 하세요. 새로운 절기를 전수해 주시겠다고요. 하지만 그 전에 정강왕부에 들러볼 생각이에요."

나태영은 자무군주가 준 표식을 손으로 거머쥐며 얘기했다. 공동파의 사랑받는 제자와 뛰어난 숙수로의 길. 여러 가지 가능성이 열린 나태영은 항주로 출발하기 전과는 전혀 다른 사람 같았다.

"나는 가문으로 돌아가겠다. 폐관 수련에 들어갈 생각이다."

"폐관이라고?"

팽천룡의 답은 의외였다. 주아흔을 찾아 온 무림을 돌아다닐 줄 알았는데?

"내가 천하 제일인이 될 거라고 하지 않았나."

"그랬지."

"천하 제일인이 된다면 내가 어떤 선택을 해도 반대할 수 있는 자가 없겠지."

그 선택의 대상을 정확하게 거론하진 않았지만 이 자리에 있는 모두 그게 주아흔임을 알았다.

한 여인을 얻기 위해 천하 제일인이 된다라.

실력과 재능, 거기에 뒷받침을 해 줄 수 있는 든든한 가문까지 갖춘 한 천재가 보다 뚜렷한 목표를 가졌다.

다음에 만났을 때 팽천룡은 얼마나 큰 성취를 거두었을까.

친구로서 그 모습이 기대되기도 했고, 무공을 겨루는 경쟁자로서 긴장도 됐다.

"혁이 너는 어떻게 할 거야?"

"나도 돌아가야지. 집으로."

"그래. 가서 집안을 돌봐야겠네."

"벌써부터 얼마나 할 일이 쌓였을 지 눈앞에 캄캄하다."

남궁혁은 피식 웃으며 다른 일들에 대해 얘기했다.

그들은 삼 일간 천무대로서 항주에서 활동하던 일들을 정리했다. 그리고 각자 갈 곳을 향해 떠났다.

하북으로 가는 팽천룡과 먼저 헤어졌고, 남궁혁과 나태영은 무한까지 함께한 다음 갈라졌다.

다음에 우리가 다시 모이게 되는 때는 언제일까.

가급적이면 좋은 일로 모였으면 좋겠다고 생각하며 남궁혁은 오랜만에 섬서의 북쪽으로 발을 옮겼다.

第四章

섬서 귀향

　남궁혁은 금림상단의 상행과 함께 섬서로 향했다.

　화산파가 있는 서안까지 가는 상행이 있었기 때문이다.

　금림상단의 행수인 각해명이 남궁혁에 대해 특급의 대우를 명했기 때문에 남궁혁은 제일 좋은 잠자리와 개별 마차를 제공받으며 서안에 도착했다.

　서안에서 남궁장인가가 있는 섬서 북쪽까지는 말을 이용했다.

　금림상단이 제공한 말은 명마라고 불려도 손색이 없을 정도의 준마여서, 남궁혁은 이틀 만에 세가가 내려다보이는 산등성이에 도착할 수 있었다.

"이야, 엄청 발전했네!"

남궁혁이 절로 감탄을 뱉을 정도로 마을은 융성해져 있었다.

장인대로를 포함한 모든 길은 깔끔하게 다듬어진 돌로 바닥을 깔았다.

이 마을뿐 아니라 남궁장인가 소유의 땅과 닿아 있는 길은 전부 포장이 되어 있어서 남궁혁도 여기까지 편하게 이동했다.

관개시설도 새로 단장되어 있었다. 쭉쭉 뻗은 수로가 멀리 있는 소작지까지 물을 흘려보냈다.

이 주변은 지대가 높아서 물이 잘 고여 있지 못하는 게 단점이었다.

세가를 떠나기 전에 민도영이 수로 시설 기술자를 불러 대대적인 공사를 할 거라고 하더니 벌써 완공이 된 모양이었다.

장인대로를 중심으로 형성된 상업 지구는 더 넓어졌고 사람들의 숫자는 훨씬 늘어나 있었다.

누가 봐도 활기찬 곳이라는 걸 느낄 수 있는 분위기였다.

"서안을 제외하고는 그렇게 발전된 곳이 없는 섬서인데. 이제 여기가 섬서의 제이(第二) 도시가 되겠는걸?"

그리고 그 도시의 중심이 남궁장인가라는 사실에 뿌듯함

을 느끼며 남궁혁은 말을 달렸다.

　장인대로로 접어들자 몇몇 사람들이 남궁혁을 알아보고 인사를 하기 시작했다.

　"소가주님!"

　"돌아오셨군요!"

　"여러분, 오랜만이에요!"

　근무를 마치고 한잔하러 마을에 들른 남궁장인가의 무사들부터 객줏집 주인과 점소이, 마을의 아이들, 심지어 남궁장인가 경비 무사의 아낙까지 그를 알아보고 몰려들었다.

　순식간에 남궁혁은 그를 반기는 사람들에게 둘러싸였다.

　여기저기 인사를 하고 손을 흔들어 주느라 앞으로 한 걸음 나가기가 힘들 정도였다.

　"어이, 이봐들! 소가주님은 지금 도착하신 거라고. 얼마나 피곤하시겠어? 그만들 하고 보내 드리자고."

　"맞아요. 세가에도 소가주님을 기다리는 사람들이 있을 겁니다. 어서 들어가세요."

　몇몇 사람들이 남궁혁을 위해 길을 터 주었다. 남궁혁은 그들에게 감사의 표시로 가볍게 목례를 하고 세가로 말을 몰았다.

　그 이후로도 사람들의 환영 인사가 이어졌지만 장인대로에서만큼 그를 에워싸진 않았다. 덕분에 남궁혁은 잠시 뒤세가의 정문에 도착할 수 있었다.

남궁장인가.

처음 현판을 걸 때만 해도 어색하게만 느껴지던 그 이름은 이제 커다란 장원 세 개를 아우르는 당당한 한 문파의 이름처럼 느껴졌다.

하인에게 말을 맡긴 남궁혁은 제일 먼저 가족들이 있는 안쪽 별채로 향했다.

"어, 사부님!"

"사부님이다!"

별채의 연무장에서 검을 휘두르고 있던 진우, 진하 남매가 남궁혁을 제일 먼저 발견했다.

그들이 소리를 치며 달려오는 소리에 방 안에 있던 아버지 남궁규원과 어머니 소연화도 문을 열고 나왔다.

"다녀왔습니다, 어머니, 그리고 아버지."

"그래. 네 소식은 민 총관을 통해서 듣고 있었다. 무림맹에서 큰 공을 세웠다지?"

"아유, 몸 성히 돌아왔구나."

남궁혁의 입가에 미소가 어렸다. 사랑하는 가족들과 가볍게 해후를 마친 그는 방 안으로 들어가 모두에게 그간 있었던 일들을 전했다.

천무대주로 뽑혀 항주로 가는 길에 일어났던 일들. 그리고 절친한 친구가 된 조원 세 사람. 항주에서의 활약상과 금화전장의 비밀에 대해 늘어놓자 진우와 진하가 눈을 빛내며 그의 얘기를 경청했다.

그들에게는 그 어떤 무림의 기행보다 사부인 남궁혁의 경험이 더욱 흥미진진하게 느껴질 수밖에 없었다.

"……결국 마교가 흔적을 감추는 바람에 돌아오게 된 겁니다."

"아주 장한 일을 했구나."

"멋져요, 사부님! 마치 소설 속 이야기 같아요! 멋진 친구들과 함께 악인들의 비밀을 파헤치다니! 저도 나중에 사부님처럼 여행하고 싶어요!"

눈을 초롱초롱 빛내며 얘기를 듣던 진하가 감탄을 터트렸다.

말은 안 했지만 진우도 진하와 마찬가지로 남궁혁과 같은 근사한 외유를 떠나고 싶은 마음이 엿보였다.

"그래. 너희가 나이가 되고 실력이 된다면 세상을 돌아보는 것도 좋겠지. 그런 마음이 있다면 더 열심히 수련해야 하는 건 알고 있지?"

"그럼요!"

"잘 알고 있습니다."

부쩍 어른스러워진 진우와 여전히 활기찬 진하가 동시에

대답했다.

그제야 한숨 돌린 남궁혁은 아버지를 보며 여태 궁금하던 것을 물었다.

"그런데 민 총관은요?"

남궁혁이 왔다고 하면 만사 제쳐 두고 달려오던 민도영이 여태 보이질 않았다.

가족들과 얘기를 나누고 있으면 이쪽으로 올 줄 알았는데.

그에 대한 의문을 남궁규원이 풀어 주었다.

"아랫마을에 시찰 나갔단다. 곧 돌아올 때가 되었구나."

"그래요?"

남궁혁의 말 끝에 아쉬움이 묻어 나오는 것을 소연화는 놓치지 않았다.

그녀는 자신의 감을 믿었다. 남궁혁은 민도영을 마음에 둔 것이다.

다른 일에 대해서는 똑 부러지게 처리하는 아들이 여자 문제에 있어서만 미적미적거리는 것이 영 마음에 들지 않던 소연화다.

물론 배우자를 선택하는 것은 인생에서 가장 신중해야 할 일이긴 했다.

남궁혁의 내자에 가장 근접한 민도영과 남궁옥 둘 다 참한 여인들이니 남궁혁도 고민이 될 테다.

소연화는 남궁옥도 나쁘게 생각하지 않았다. 오히려 좋아하는 편에 속했다.

살갑거나 애교를 부리는 성격은 아니었지만 그 대단한 실력과 남궁세가주의 무남독녀라는 지위에도 거만하지 않았고 대 가문의 적녀인 만큼 예의가 발랐다.

게다가 남궁옥도 민도영 못지않게 자신의 아들을 좋아했다.

상대의 조건을 보고 혼인하는 게 결코 나쁜 것만은 아니다. 오히려 서로에 대한 연모의 감정만 믿고 혼인하는 것보다 더 좋은 결과를 낳을 때도 많다.

그런 점에서 남궁옥은 손색없는 며느릿감이었다.

남궁혁과 남궁옥 둘 다 가문을 드높이기 위해 한마음 한뜻으로 단단히 결속할 수 있고, 남궁세가는 남궁장인가에 지원을 아끼지 않으리라.

또 남궁옥은 남궁혁에게 무공에 있어서도 좋은 상대가 되어 줄 수 있었다.

이는 남궁장인가가 무림 세상에서 더욱 뻗어 나가는 데 큰 보탬이 된다.

세가를 키우기 위해 절치부심했던 아들에게 더할 나위 없는 반려다.

허나, 그러면 남궁혁은 진정으로 행복할까?

그녀는 자신의 아들을 잘 알았다.

남궁옥과 함께하는 미래. 한밤중에 불현듯 허한 가슴을 부여잡고 잠에서 깨어나 쓸쓸히 달을 바라보는 남궁혁의 모습이 떠올랐다.

정직하고 성실한 아이니 남궁옥 또한 사랑할 것이다.

자신의 반려로서 존중하고 아낄 것이다. 한눈파는 일 따위로 남궁옥을 상처받게 하지 않으리라.

그렇지만 남궁혁의 허한 가슴은 결코 채워지지 않을 것이 눈에 보였다.

때문에 소연화는 남궁혁이 민도영을 택하길 바랐다.

사람에게는 각자 궁합이라는 것이 있다.

진취적으로 성장하는 아내가 누군가에게는 완벽할지 모르겠지만, 남궁혁처럼 스스로 나아가는 이에게는 안을 보살펴 줄 내자가 필요했다.

세가를 위해서도, 남궁혁 자신을 위해서도.

남궁규원에게 듣기로 남궁세가에서는 남궁혁을 내정된 가주의 사위로 여기고 있다 한다.

사실상 납채만 오가지 않은 상황. 이걸 엎으려면 남궁혁은 상당한 대가를 치러야 할지 모른다.

최악의 경우 남궁세가에게 내쳐져 전 무림과의 교류가

끊어질지도 몰랐다.

그럼에도 불구하고 소연화는 남궁혁이 자신의 행복을 선택하기를 바랐다.

자신의 아들은 혼자 힘으로 남궁장인가를 일궈 내지 않았는가.

남궁세가의 도움 없이도 충분히 잘 해낼 수 있을 것이다.

거기에 민도영이 있다면.

눈앞에 행복한 웃음을 띤 남궁혁과 민도영, 그리고 두 사람을 닮은 아이들이 각기 검과 망치를 들고 남궁장인가의 마당을 뛰어노는 모습이 그녀의 눈에 선했다.

때문에 소연화는 남궁혁이 보인 아쉬움과 그 얼굴에서 보이는 그리움이 더없이 기뻤다.

'조만간 혼례복에 쓸 비단을 주문해야겠구나.'

소연화는 기쁨을 감추지 못한 얼굴로 남궁혁에게 어서 들어가 쉬라 일렀다.

남궁혁은 모친이 얼굴에 띤 화색의 영문을 모른 채 방을 나섰다. 그저 오랜만에 보는 아들이 반가워서 그러신 거라고 단순하게 생각할 뿐이었다.

*　　　*　　　*

오랜만에 돌아온 방은 떠날 때와 마찬가지로 정갈했다. 먼지 한 톨 쌓인 곳이 없었다.

누군가의 섬세한 손길이 닿은 모습에 남궁혁이 흐뭇한 미소를 지었다.

짐을 풀고 일각이 지나지 않아, 밖에서 인기척이 들렸다.

"민도영입니다."

그 목소리가 들리자마자 남궁혁은 자리에서 벌떡 일어났다. 그리고 성큼성큼 문으로 다가가 문을 활짝 열었다.

갑자기 문이 열리는 바람에 놀란 민도영은 눈을 동그랗게 뜬 채 서 있었다.

"어서 와요."

그러나 남궁혁의 환한 인사에 놀람은 순식간에 사라졌다. 그녀의 웃음이 흰 목련처럼 피었다.

"인사가 바뀐 것 같군요. 돌아오신 걸 환영합니다, 소가주."

"그러게요. 다녀왔어요."

서로를 환영하는 우스운 상황. 두 사람은 시선을 마주치며 푸흡 웃음을 터트렸다.

짧지 않은 시간 동안 헤어져 있으면서 생긴 약간의 어색함이 작은 웃음으로 씻겨 내려가고, 민도영이 방 안으로 들어섰다.

그녀는 자리에 앉자마자 품에서 몇 개의 서찰과 문서를 꺼내 남궁혁에게 내밀었다.

"방금 전 무림맹에서 연락이 왔습니다. 원래 우리 남궁 장인가는 사성체제 하에서 화성부에 속해 있었지만, 본래의 체제로 돌아감에 따라 세부 임무가 변경되었다고 합니다."

"오랜만에 보는데 일 얘기부터 하는 거예요?"

"돌아오셨잖습니까."

민도영은 엷은 미소를 띠었다.

"해후를 나눌 시간이야 차고 넘치지만 세가를 움직이는 일은 지금이 아니면 어렵지요. 떠나 계신 동안 소가주께서 처리하셔야 할 일이 산처럼 쌓였답니다."

웬만한 일은 민도영이 다 처리했겠지만, 그래도 남궁혁 만이 결재할 수 있는 일들이 있으니까.

민도영이 저렇게 말하는 걸 보면 정말 일이 산더미처럼 많은 것이다. 남궁혁이 피식 쓴웃음을 지었다.

"으으, 역시 민 총관은 못 이기겠네요. 무림맹에선 뭐래 요?"

"우선 세가의 임무가 섬서 북쪽 마교의 잔당 수색에서 무 림맹 휘하 무인들에 대한 보급 및 금전 지원으로 변경됐습 니다."

"후방 지원으로 가는 건가요? 잘됐네요."

남궁혁은 고개를 끄덕였다.

무림맹을 떠나기 전에 남궁현열에게 넌지시 부탁해 놓은 것이 처리가 된 것이다.

사실 남궁장인가는 남궁혁을 제외하고는 그리 뛰어난 무인이 없다.

지금 세가의 명성은 뛰어난 대장장이이자 무인이기도 한 남궁혁 개인의 실력, 그리고 장인부에서 생산하는 뛰어난 품질의 무기가 만들어 낸 것이었다.

세가 소속의 무사들이 수련을 게을리하는 건 결코 아니었지만 비슷한 규모의 문파들에 비해서 무력이 떨어지는 건 사실이다.

신생 문파의 한계라고나 할까.

남궁장인가가 남궁세가의 방계라는 점도 무사들의 실력 향상에 발목을 잡고 있었다.

스스로 무공의 일가를 이룬 사람이라면 휘하 부하들에게 자신의 심득이나 무공을 아낌없이 나눠 줄 수 있다.

하지만 남궁혁은 남궁세가로부터 전수받은 무공을 모두 가르치지 못하는 제약이 있다.

지금 세가의 무인들은 전부 성인이 되고 나서 남궁장인가에 들어왔다는 점도 있고.

당장은 후방 지원으로 빠지는 것이 훨씬 유리할 것이다.

"이번 일을 다행이라고 여기는 건 아마 소가주뿐일 겁니다."

"왜요?"

"소가주의 기린대를 비롯해 사검대가 후방 지원으로 빠졌다는 사실을 썩 기뻐할 것 같지는 않거든요."

"그러네요. 꽤 자존심이 상하겠는걸요."

남궁혁은 어깨를 으쓱였다. 그렇다고 별수 있는가. 실제로 실력이 안 돼서 전방으로 나가지 못하는 걸.

실력이 부족한 데 화살받이로 전방에 나가는 것보단 낫지 않은가.

그게 분하면 일을 맡을 만한 실력을 쌓으면 된다. 말처럼 쉬운 일은 아니지만 그것 외에는 방법이 없으니까.

그리고 남궁혁은 자신의 부하들이 그 정직한 진실을 잘 알고 있다는 사실을 알았다.

이 사실이 전해진다면 기린대를 비롯한 남궁장인가의 무사들은 이를 악물고 수련에 몰두할 것이다.

"그다음 일은 뭐예요?"

"추가적으로 모집할 새로운 무력부대에 관한 건입니다. 지금의 숫자도 부족하진 않지만 소가주께서 마교와의 전면전을 대비해 증원하기를 원하셨으니까요."

"그랬었죠. 만약에라도 전쟁이 벌어지면 섬서에 있는 우리가 제일 가까우니까요."

남궁혁과 민도영은 한참 동안 밀린 일에 대한 대화를 나눴다.

떨어졌던 시간에 대한 애틋한 시선이나 그리웠다는 말 한마디 없는, 평소와 같은 그들의 모습이었다.

남궁혁은 문득 고개를 들어 새로이 창설할 부대의 체계에 대해 설명하고 있는 민도영을 바라보았다.

"……그러면 춘, 하, 추, 동 부대 당 다섯 명씩 총 이십 명을 뽑게 되고, 매 년 순차적으로 증원해 부대 당 열다섯 명 정도를 유지할 생각입니다. 그리고 각 부대의 대주는 기린대 및 사검대에서 몇 명을 선발하여…… 소가주님?"

열변을 토하던 민도영은 문득 그의 시선을 느꼈다.

따스하고 부드러운 시선. 그녀는 눈을 마주치지 못하고 식어 버린 찻물에 손을 뻗었다. 계속해서 말을 하느라 목이 탔다.

"왜 그리 보십니까?"

"이제야 집에 돌아온 기분이 들어서요."

"아침에 도착하셨다고 들었습니다만. 벌써 해가 지고 있습니다."

"그러게요. 아무래도 일 중독인가 봐요. 아까 쉬고 있을 때까진 별로 집에 왔다는 실감이 안 났는데, 이러고 있으니까 마음이 좀 편하고 그러네요."

품, 민도영의 얼굴에 웃음기가 번져 나갔다.

여태 가족들과 있고 휴식을 취하다가 일을 하니까 집에 온 거 같다니.

"아니면 민 총관을 봐서 그런가?"

"농담이 지나치십니다."

입가를 가리고 웃음 짓던 민도영이 순식간에 얼굴을 굳혔다.

"진심인데요. 불안한 일투성이였는데, 민 총관이랑 딱딱 일을 정리해 나가니까 마음이 편해요. 나 혼자였으면 머리만 아팠을 텐데."

섬서까지 오면서 남궁혁은 마음이 마냥 편하지는 않았다.

그는 이전의 삶을 기억하는 사람이었다.

그 덕분에 이전 삶과는 비교도 할 수 없는 성공을 거두었다.

장인으로서도 이십 년 일찍, 훨씬 더 인정받았고 실제로도 더욱 실력을 쌓았다.

무인으로서도 그랬다. 본가의 인정을 받고, 수많은 실력자들과 교분을 나눴으며, 어딜 가든 알아주는 문파를 세웠다.

어떤 일이 일어날지 알고 있었기 때문에 이룰 수 있었던

현재의 모든 것들.

그러나 모든 것이 변했다.

이전 삶의 정보들로는 대처하지 못할 수많은 불확실성들.

남궁혁의 선택 하나에 지금껏 이룬 모든 것이 모래성처럼 무너질 수도 있다는 사실에서 오는 불안감.

막막했고, 마음이 조급했다.

그런데 신기하게도 민도영과 하나둘 일을 처리하고 있자니 그 모든 불안함이 가라앉았다.

조곤조곤한 그녀의 목소리.

복잡한 안건들을 체계적으로 정리해 적어 놓은 정갈한 필체.

남궁혁의 부재로 몸이 열개라도 부족할 만큼 바빴을 텐데 흐트러짐 하나 없이 잘 정돈된 머리카락과 단아한 옷차림.

그 모든 것이 남궁혁의 마음에 평온을 주었다. 할 수만 있다면 이대로 영원히 민도영과 함께 있고 싶었다. 마교도 세가에 관한 일도 잊고, 단 둘이서.

지금까지는 이 평온함의 의미를 잘 몰랐다. 이 혼란스러운 세상에서 누군가의 얼굴을 마냥 보고 있는 것만으로도 마음이 평화로워진다는 것이 어떤 뜻인지 몰랐다.

하지만 이제는 안다. 이것이 한 사람만을 원하는 연모와 맞닿아 있다는 것을.

"다 민 총관 덕분이에요."

"과찬이십니다. 마저 일을 처리할까요?"

민도영이 말을 돌렸다. 그러나 남궁혁이 손을 뻗어 문서로 향하는 그녀의 손을 잡았다.

희고 부드럽지만 붓을 쥐는 손가락에는 단단한 굳은살이 박여 있는 문사의 손.

그 도드라진 살결 하나하나를 매만지는 손길에 담긴 의미를 민도영이 모를 리가 없었다.

"……밀린 일이 많습니다."

"민 소저."

민도영은 손을 빼내려 했지만 남궁혁이 그 손에 깍지를 껴 단단히 잡았다.

한 번도 입에 담은 적 없는 호칭으로 그녀를 부르면서.

그들 사이에는 침묵이 흘렀다. 방이 어두워지면서 켜 두었던 호롱불이 잔잔히 타들어 가는 소리, 바싹 마른 입술을 적시는 소리가 났다.

"나는 겁이 많아요. 확신이 서지 않으면 도전할 엄두도 못 내죠."

남궁혁이 먼저 입을 열었다.

"저도 겁이 많습니다. 가능성이 보이지 않으면 시도도 하지 않죠."

"하지만 나를 따라왔잖아요? 그냥 실력이 조금 괜찮을 뿐인 대장장이를요."

"그건…… 소가주께는 가능성이 보였으니까요."

처음 남궁혁이 자신을 찾아왔던 날을 떠올리며 민도영이 피식 웃었다.

그때 남궁혁은 정말 그의 말대로 별 볼 일 없는 자였다. 황실의 학사로 일했던 민도영의 눈에 찰 만한 거물이 아니었다.

하지만 민도영은 그때 남궁혁에게서 뭔가를 보았다.

그와 함께라면 뭐라도 할 수 있겠다는 희망을.

그렇기 때문에 그와 함께할 수 없다.

자신의 자리는 남궁혁의 옆자리가 아니라, 그의 뒷자리다.

"저와 함께하신다면 남궁장인가의 미래를 보장할 수 없을지도 모릅니다."

민도영은 힘을 주어 남궁혁의 손에서 자신의 손을 빼내었다. 남궁혁은 아쉽다는 듯 그녀의 손을 놔주었다.

"너무 냉정한데요."

"총관으로서 응당 해야 할 말을 했을 뿐입니다. 남궁 소저를 선택하십시오. 그분이라면 소가주께 미래를 보장해 드릴 겁니다."

민도영의 말에는 흔들림이 없었다. 마치 황권을 강화하기 위해 자신을 내치라 간언을 하는 충직한 신하의 모습 같았다.

정말 남궁혁이 남궁옥을 선택하더라도 민도영은 일말의 후회도 하지 않으리라.

하지만 그러면 남궁혁 자신은 후회할 것 같았다.

"솔직히 말하자면 좀 흔들렸어요. 세가를 더욱더 키우고 싶다는 욕심이 있었으니까. 옥 누님이라면 제게 그 기회를 주겠죠. 기회라고 부르기도 민망할 정도로 확실한 성공을 보장하는 길로 이끌어 줄 거예요."

민도영은 고개를 끄덕였다. 남궁혁의 말이 옳았다. 자신의 이성도 그렇게 말하고 있었다.

그러나 남궁혁의 말은 끝나지 않았다.

"하지만 문득 그런 생각이 들었어요. 그렇게 키우고자 하는 세가는 내가 혼자서 키운 게 아니라는 것. 그리고 당신이 없었다면 열매를 맺기도 전에 말라비틀어졌을 화초라는 것도."

"소가주, 그건—"

"뿌리를 잃은 나무가 과연 크게 자랄 수 있을까요?"

그의 말은 질문의 형태를 띠고 있었지만 그 목소리는 단단했다. 결코 흔들리지 않을 것 같았다.

민도영은 목을 가다듬었다. 자신은 남궁장인가의 총관이다. 혹시라도 소가주가 틀린 결정을 할 때면 바른 길을 가도록 도와야 하는 총관.

"확신이 서지 않으면 도전할 엄두도 내지 못한다고 하지 않으셨습니까."

"나는 지금 확신하기 때문에 이런 말을 하고 있는 겁니다. 우리가 함께라면 괜찮을 거예요. 모든 게 잘될 거예요."

하지만 남궁혁의 말에 그 다짐이 무너졌다.

마치 처음 그를 만났을 때 같았다.

확실한 건 아무것도 없는데, 왠지 이 사람과 함께라면 잘될 거라는 느낌.

"당신과 함께라면, 난 정말 잘할 수 있어요. 그런 기분이 들어요."

서로 같은 기분을 느낀다는 건, 정말 이게 옳은 길이기 때문이 아닐까?

민도영은 제 손을 맞잡고 고개를 숙였다. 깊은 숙고의 빛이 그녀의 눈을 스쳐 지나갔다.

이윽고, 그녀가 고개를 들었다.

"조건이 있습니다."

"뭔데요?"

"남궁 소저와의 일을 확실히 마무리해 주십시오."

"그야 당연하죠. 내가 설마 딴말할까 봐요?"

남궁혁이 섭섭하다는 듯 입을 삐죽 내밀었지만 민도영은 단호했다.

"소가주를 못 믿어서가 아닙니다. 남궁 소저와 사실상 혼 담에 가까운 얘기가 오간 상황에서 저와 소가주가 그런 분 위기를 풍긴다면 남궁장인가는 신뢰하지 못할 문파라는 인 식을 심어 줄 수도 있습니다."

어쩌면 이런 순간까지도 세가를 생각하는지.

남궁혁은 맨 처음 민도영을 영입했던 날을 떠올렸다. 그 때 자신의 선택은 최고였다.

"지금이라도 물리시겠습니까? 저는 괜찮습니다."

"그런 말 하지 말아요. 괜찮지 않잖아요."

"아니요, 정말 괜찮습니다. 남궁 소저께서 소가주를 마음 에 두신 걸 표현하실 때부터 소가주는 저와 인연이 없는 분 이라고 생각했으니까요. 이렇게 말씀해 주신 것만으로도 저 는 충분히 행복합니다. 저와 함께라면 모든 것이 잘될 거라 는 그 말, 평생 마음에 간직하고 살아갈 겁니다. 그러니 부 디 옳은 선택을."

"더 좋은 선택이란 건 없어요. 당신이 내 유일한 선택이

될 거예요."

그리고 지금 자신의 선택 또한 최고다. 그렇게 될 것이다.

"예전에 남궁 가주께도 오 년의 시간을 달라고 말씀드렸어요. 그 안에 확실히 정리할 테니까 나를 믿어줘요."

이번에는 민도영이 먼저 손을 뻗었다.

그녀는 남궁혁의 손에 제 양손을 가지런히 겹치고, 신뢰와 믿음이 가득한 눈으로 남궁혁을 바라보았다.

"믿겠습니다. 처음 당신을 뵈었을 때 그랬던 것처럼. 모든 걸 정리하고 제게 와 주실 거라고 믿겠습니다."

"고마워요."

두 사람은 한 뼘도 되지 않을 정도로 가까운 거리에서 서로의 눈을 바라보았다.

그 이상 가까워지진 않았다. 민도영과 한 약조가 있으니까.

남궁옥과의 일을 완전히 마무리하기 전까지는 결코 연인이 되지 않겠다는 약속.

때문에 그들은 보다 가까이에서 느껴지는 서로의 온기, 숨결, 부드러운 시선을 나누다가 다시 몸을 물리고 마저 일을 처리했다.

         *   *   *

밤늦은 시간이 되어서야 그들은 급한 일을 마무리했다.

남궁혁은 밤 산책을 한다는 핑계를 대며 민도영을 처소까지 데려다주었다.

어차피 세가 내려서 위험할 일은 없지만.

남궁혁은 어둠에 잠긴 남궁장인가를 천천히 둘러보았다.

대장간에는 누군가 늦은 시간까지 망치를 두드리는지 쾅쾅 쇠 두드리는 소리와 함께 굴뚝에서 연기가 피어올랐다.

기린대가 있는 처소 쪽으로 향하자 기린대주 양명의 기합 소리가 크게 울려 퍼졌다.

"우리는 남궁장인가의 명성을 드높일 기회를 잃었다! 다음번은 없을지도 모른다!"

남궁혁이 슬쩍 담장 너머로 기린대의 연무장을 훔쳐봤다.

기린대의 연무장에서는 횃불이 활활 타오르고 있었고, 기린대는 줄지어 선 채 서로를 마주 보고 있었다.

각자의 독문 무기를 쥔 기린대원들에게서는 마치 실전과도 같은 살기가 흐르고 있었다.

"언제까지 소가주님의 등 뒤에 숨어 있을 생각인가!"

양명이 검을 높게 들어 올렸다.

"기린대! 강해지자! 우리의 힘으로 남궁장인가의 이름을
드높이자!"

"강해지자!"

"강해지자!"

목청이 찢어질 것 같은 구령과 함께 무기들이 휘둘러졌
다.

그런데 그 속도가 빠르지 않았다. 오히려 느렸다. 지나가
던 나비가 잠시 날아와 앉아 있을 수 있을 정도로.

마치 지렁이가 기어가는 것 같은 속도.

그러나 기린대원들은 그 속도를 유지하는 데 심혈을 기
울이고 있었다.

'잘 하고 있네.'

그들이 하는 수련 방법은 일전에 남궁혁이 서찰로 알려
준 방법이었다.

극도로 느린 움직임을 유지하면서 완벽한 각도와 궤적을
그리는 데 집중해 동작 하나하나를 취할 때마다 달리 움직
이는 몸의 근육을 섬세하게 조종하기 위한 수련법.

겉보기에는 쉬워 보이지만 실제로 해 보면 순식간에 칼
끝이 흔들리고 궤적이 빗겨 나간다.

원을 그릴 때, 한 번에 그리는 것보다 천천히 그리는 게
더 모양이 일그러지는 것처럼.

하지만 이런 식으로 동작을 세분화해 움직일 수 있다면 빠른 대결에서 효과를 볼 수 있다.

'하지만 당장에는 실력 향상에 도움이 안 될 텐데?'

효과는 있겠지만 멀리 보고 해야 할 수련이었다. 열심히 하는 걸 보니 당장은 효과를 기대하기 어려울 텐데 싶어 좀 미안하기도 했다.

게다가 무기를 쓰는 숙련도가 비슷하다면 승패를 결정하는 건 내공이다.

내공의 질과 양이 얼마나 뒷받침해 주느냐에 따라 검기를 쓸 수 있는 시간에 차이가 생기니까.

검기와 검기의 싸움에서 내공이 바닥난다는 건 곧 죽음을 의미한다.

남궁장인가의 무인들은 동량의 내공을 갖고 있는 무인들 중에서는 그 실력이 순위를 다툴 것이다.

하지만 그들이 상대해야 하는 이들은 그 정도가 아니다.

이럴 땐 역시 그들이 익힌 내공심법의 한계가 아쉬웠다.

지금과 같은 방식으로 수련을 하다 보면 상당한 경지에 오르긴 하겠지만 시간이 무척이나 오래 걸릴 것이다.

원래 남궁혁은 십 년을 내다보고 세력을 성장시키려고 했다.

허나 마교의 준동이 십 년 이르게 시작된 상황에서 그런

여유는 사치였다.

재력이나 무림 내에서의 입지는 나쁘지 않았다. 문제는 세가의 무력이었다.

'뭐 방법이 없을까? 내공을 확 증진시키는 방법이라거나…… 내공?!'

순간 남궁혁의 머릿속에 벼락이 쳤다.

"왜 그걸 생각하지 못했지? 대원들에게 영약을 먹이면 되잖아?"

마교의 동향은 이전의 삶과 전혀 달라졌지만, 바뀌지 않는 것들도 있었다.

예를 들자면 귀한 영약의 위치라거나.

남궁혁 자신의 내공은 당장 영약을 섭취해야 할 정도로 부족하지 않았다.

그보다는 문파원들에게 영약을 보급하는 것이 좋으리라.

일전에 태양화리를 잡으러 갔을 때 화석균을 뜯어 와 정제해서 대원들에게 공급했었다.

그때도 상당한 성취를 거둔 대원들이 나타났었다.

그런 방식으로 질 좋은 영약을 공급한다면 단기간에 그들의 실력을 끌어올릴 수 있다.

강해지고자 하는 열망과 성실성 하나는 누구에게도 지지 않는 이들이니까, 영약을 주는 것도 아깝지 않았다.

"그래, 명문대파 제자들만 영약 먹으라는 법 있나? 영약이야, 영약."

남궁혁은 싱글벙글 웃으며 자신의 처소로 발을 돌렸다.

환한 미소가 감도는 얼굴과 달리 머릿속에서는 이전 삶에서 얻었던 영약에 대한 정보들을 떠올리느라 여념이 없었다.

第五章

모용세가의 비밀

남궁혁이 섬서로 돌아온 지 한 달.

남궁혁의 처소를 청소하고 정돈하는 임무를 맡은 하녀들이 피곤한 얼굴로 별채 쪽에서 나오고 있었다.

"으아, 오늘도 끝났다. 소가주님 방 청소는 늘 힘들단 말이야."

"그러니까. 소가주님이 오셔서 세가에 활기가 도는 건 좋지만 우린 일이 늘었단 말이지."

하녀들은 어깨가 아프다는 듯 주먹으로 뒷목과 어깨를 툭툭 쳤다.

반 시진 동안 걸레질을 하느라 온몸이 뻐근해 죽을 지경이었다.

처음 남궁혁의 처소를 담당하게 됐을 때, 두 하녀는 무척이나 기뻐했다.

젊고 장래가 유망한 소가주의 눈에 들어 보겠다는 발칙한 희망 때문만은 아니었다.

남궁혁의 방은 늘 깔끔했으니까.

대장장이로 일한 지 오래돼서인지 남궁혁은 쓴 물건은 제자리에, 제대로 정돈해 두는 습관이 몸에 배어 있었다.

아버지 남궁규원으로부터 철저하게 교육받은 덕분이었다.

대장간의 도구들은 잘못 두면 사람이 다칠 수도 있으니까.

때문에 남궁혁의 방은 하녀들의 손이 갈 일이 별로 없었다.

그야말로 꿀 같은 자리랄까.

남궁혁이 자리를 비울 때는 먼지를 치우고 화초들을 가꾸는 일만 하면 돼서 더욱 좋았다.

물론 남궁혁이 자리에 있을 때가 세가도 더 활기차고, 소연화가 만든 맛난 간식 같은 콩고물이 떨어지니 더 좋지만.

어쨌든 그런 날로 먹는 자리였던 남궁혁의 처소 치우는 일이 요즘 들어 부쩍 힘들어졌다.

남궁혁이 처소 안에서 모든 일을 해결하는 탓이었다.

수백, 수천 장의 문서 때문에 날리는 먼지. 아무리 조심해도 튈 수밖에 없는 먹물 자국들. 심심하면 무너지는 죽간의 탑까지.

덕분에 하녀들은 남궁혁이 대장간에 가 있는 시간 동안 방을 쓸고 닦느라 정신이 없었다.

"소가주님은 대단도 하시지. 우리는 방 청소하는 것만으로도 이렇게 뼈가 빠질 거 같은데 말이야. 새벽에 일어나서 무공 수련하셔, 아침 식사하시고 문서 업무 보셔, 점심 먹고 대장간에 가셨다가 저녁에 돌아오면 또 수련하셔. 대체 잠은 언제 주무시는 걸까?"

"무림인들은 잠을 거의 안 자도 된다잖아. 나도 무공 배우고 싶다— 걸레질도 단숨에 할 수 있을 거 아니야?"

"얘는, 무공을 배웠는데 왜 걸레질을 하니?"

"그건 그러네?"

까르르 웃으며 처소를 나서던 두 하녀는 마침 이쪽으로 걸어오던 남궁혁을 발견했다.

"소가주님!"

"소가주님을 뵙습니다!"

대장간에서의 일을 막 마치고 온 참인지 소매를 걷은 팔은 고된 망치질 때문에 근육이 불거졌고, 남궁혁의 얼굴에서는 땀이 또르르 흐르고 있었다.

하녀들은 남궁혁의 벌어진 옷깃 사이로 보이는 탄탄한 가슴 근육을 훔쳐보며 침을 꼴깍 삼켰다.

남궁혁도 하녀들을 알아보고 밝게 인사했다.

"둘 다 내 방 청소하느라고 고생이 많아요. 내가 와서 일이 많죠?"

"아, 아닙니다. 저희 일이 그건데요."

"걱정 마요. 조만간 또 한가해질 테니까."

"예?"

"아, 그리고 이거 좀 먹을래요? 어머니가 해 주신 간식인데 혼자 먹기엔 너무 많아서."

남궁혁은 한 손에 들고 있던 찬합 중 하나를 하녀들에게 건넸다.

"아, 감사합니다."

"그럼 이만."

하녀들은 고개를 숙이고 남궁혁이 지나갈 때까지 기다렸다.

남궁혁이 방문을 열고 들어가는 소리가 들리자 하녀들은 고개를 들었다.

"조만간 또 한가해진다니 무슨 소리시지?"

"일이 끝나가서 그러시는 거 아닐까? 요새는 서류도 많이 없잖아."

"그건 그렇긴 하지. 아, 이 간식 맛있겠다."

하녀들은 별 생각 없이 발걸음을 돌렸다.

남궁혁은 방으로 돌아와 씻고 다시 자리에 앉았다.

한 달간 일에 매진하다 보니 급한 일은 거의 대부분 처리된 상태였다.

문서 업무도 끝났고, 남궁혁의 이름으로 들어온 특별 주문도 얼추 정리가 됐다.

이제 세가의 발전을 위해 큰 그림을 그리는 일 정도가 남아 있었다.

남궁혁이 소가주로서 해야 하는 일은 방향을 결정하는 것뿐이니, 나머지 세부적인 진행은 민도영이 알아서 진행할 것이다.

"실질적으로 내가 필요한 일은 다 끝났네."

남궁혁은 문서들을 한편으로 밀었다. 그리고 서랍에서 돌돌 말린 가죽 하나를 꺼내 책상 위에 펼쳤다.

무림전도(武林全圖).

중원의 지형지세를 섬세하게 그려 놓은 지도였다.

이 정도의 대형 지도는 관에서 엄중하게 관리하는 물건이라 상당히 구하기 어려웠다.

지도 위에는 몇 개의 붉은 표시가 되어 있었고, 남궁장인가에서 그곳들을 가기 위한 경로가 그려져 있었다.

붉은 표시는 총 다섯 개.

남궁혁이 이전 삶의 정보에서 추론한, 영약이 있을 만한 장소들이다.

최상급의 영약이 하나. 상급 영약이 셋. 중상급의 영약이 하나.

최상급은 만약을 위해서 아껴 두고, 상급과 중상급의 영약은 세가 무사들에게 돌릴 생각이었다.

"슬슬 떠나야 할 텐데."

남궁혁은 마음이 급했다.

영약을 빨리 찾는 만큼 남궁장인가 무인들의 무력도 더 빨리 증진될 테니까.

그리고 혹시라도 누군가 영약에 먼저 손댈지도 모르는 일 아닌가.

서둘러 일 처리를 끝내고 이제 떠날 준비만 하면 되는 상황이었지만 민도영이 마음에 걸렸다.

중원 전역을 돌다시피 해야 하는 여정.

무림맹을 다녀온 것보다 더 오랜 시간이 걸릴지도 모른다.

그 사이에 그녀의 마음이 변할까 봐 두려운 것은 아니었지만, 이제 겨우 서로 마음을 터놓기 시작한 상황에 떠나자니 신경 쓰였다.

"소가주, 민도영입니다."

"들어와요."

마침 민도영이 보고를 위해 남궁혁을 찾았다.

자리에 앉은 민도영의 시선이 자연스럽게 책상 위의 지도를 향했다.

"이번에는 어딜 갈 계획이십니까?"

"들켰네요."

남궁혁이 머쓱하게 웃었다.

"그렇게 지도를 펼쳐 놓고 계시면서 모르길 바라신 건 아니겠지요."

"어차피 얘기해야 할 테니까요. 민 총관에게 비밀로 하고 떠날 수는 없잖아요?"

민도영은 아무런 표정의 변화 없이 지도 위에 표시된 곳들을 훑어보았다.

남궁혁은 제 발이 저려 먼저 사과를 했다.

"미안해요."

자신이 없는 몇 달 동안 일은 다 떠맡겨 놓고, 마음고생은 마음고생대로 시키고.

그런데 또 떠난다니. 아무리 생각해도 백 번 사과를 해도 모자랄 일이었다.

"저한테 미안하실 일은 아닙니다. 하지만 다른 세가원들이—"

"서운하죠? 얼굴 본 지 한 달 만에 또 떠나는 게."

남궁혁의 말에 민도영은 허를 찔린 듯 숨을 삼켰다.

"……솔직하게 말하자면 그렇습니다."

"내가 안 갔으면 좋겠어요?"

"소가주께서 단순히 즐기기 위해서가 아니라 뜻이 있으셔서 발걸음하시는 걸 아는데 어찌 그런 마음을 품겠습니까."

"그래도 안 갔으면 하잖아요."

남궁혁은 이렇게 물어보는 스스로가 참 우습다 생각했다.

자신에 대한 민도영의 애정은 누가 봐도 알 정돈데, 이런 식으로 조금 더 표현해 달라고 떼쓰는 모양새라니.

아무리 생각해도 자신은 사랑에 빠진 모양이다.

"돌아오실 거니까 괜찮습니다."

"기다려 줄 거예요?"

"늘 그래 왔지 않습니까?"

남궁혁의 투정에 민도영이 부드럽게 반문했다.

두 사람은 마주 보며 푸흡 웃음을 흘렸다.

너무나도 당연하지만 그것을 당연치 않게 여기는 사이.

남궁혁은 지도를 보며 그의 여정에 도움이 될 만한 정보
들을 늘어놓는 민도영을 바라보며 생각했다.

　역시 혼인이라는 건, 정말 이어질 인연이 있는 모양이라
고.

　　　　　*　　　*　　　*

　이 주 후.

　섬서를 떠난 남궁혁은 빠르게 산서를 지나 하북을 지나
고 있었다.

　지난번과는 달리 성대한 환송은 없었다.

　이제는 사람들도 남궁혁이 어디론가 떠나는 일들에 익숙
해진 모양이었다.

　그래도 남궁혁을 배웅하겠다고 새벽에 눈 비비며 일어난
아이들과 인사를 하고 출발할 수 있어 발걸음은 더욱 가벼
웠다.

　하북을 지나며 팽천룡이 있는 팽가에 들러 보고도 싶었
지만 지나쳤다.

　어차피 팽천룡은 폐관 수련 중일 테니까. 가 봤자 얼굴도
못 볼 것이다.

　제일 첫 번째 목적지는 요녕.

모용세가가 있는 곳이다.

이전 삶에서 어떤 무인이 요녕성의 구석진 곳에서 수련을 하다가 영약을 하나 발견했는데, 이걸 먹고 사경을 헤매고 있었다.

당시 신의라 불리던 이가 증상에 흥미를 느껴 무료로 그를 치료해 주면서 그 영약에 대한 소문이 퍼졌다.

알고 보니 그 자가 빙연과(氷蓮果)를 섭취한 것이다.

빙연과는 이름에 얼음 빙자가 들어가는 만큼 극한의 한기를 지닌 상급 영약.

빙한공을 익힌 것도 아닌 사람이 그런 영약을 환으로 가공해서 먹은 것도 아니고 내력이 깎여 나가는 게 아깝다며 통으로 먹었으니, 살아난 게 용할 정도였다.

그때 신의가 그자에게 대체 빙연과를 어디서 찾았냐고 물었었다.

요녕성 북쪽 어느 깊은 산 속. 신기하게도 눈보라가 그치지 않는 골짜기가 하나 있는데, 그곳의 호수에 얼음 연꽃이 피어 있었다고 한다.

호수는 얼어붙진 않았지만 생물이 절대 살아갈 수 없을만큼 차가웠는데, 남자는 운 좋게도 연못가에 떠내려온 빙연과를 발견한 것이다.

어쨌든 빙연과에 호기심이 생긴 신의가 그 눈 나리는 호수를 찾기 위해 요녕성을 샅샅이 뒤졌지만 무슨 신선의 나라라도 되는지 도통 그곳을 찾을 수가 없었다.

기필코 그 빙연과를 손에 넣겠다 마음먹은 신의는 결국 자신이 얻은 정보를 온 무림에 뿌려 버렸다.

빙연과가 자라는 만년설곡(萬年雪谷)의 위치를 찾아주는 자에게는 금 백 냥을 줄 것이고, 만약 그곳에 들어가 빙연과를 가져온다면 금 백 냥에 더해 자신이 직접 빙연과로 환단을 제조해 주기로 했다.

상당한 거액에 신의가 만든 환단까지 상으로 걸리자 온 무림에서 빙연과를 찾아 요녕성으로 향했다.

구대문파와 오대세가가 나선 것은 말할 필요도 없었다.

예외적으로 개방마저 빙연과의 행방을 좇았다.

하지만 수확을 거둔 이는 하나도 없었다.

요녕성에 기반을 두고 있어 주변의 지세에 정통한 모용세가의 무인들이 빙연과가 자라는 얼음연꽃의 이파리 몇 가닥을 찾았을 뿐이었다.

물론 그 이파리 또한 중급 영약정도는 되었지만, 빙연과에 비하면 아쉬울 따름이었다.

이파리가 나온 걸 보면 분명 그 근처에 얼어붙지 않는 호수와 빙연과가 있는 게 분명한데.

여러 사람들이 허탕을 친 이후에도 많은 이들이 일확천

금을 꿈꾸며 요녕성으로 향했다.

그러다가 삼 년 후, 신의가 수명을 다하면서 사람들의 발걸음이 줄어들다가, 결국엔 찾는 사람이 없게 되었다.

그 남자가 우연하게 만년설곡과 빙연과를 발견하는 건 지금으로부터 오 년 후. 아직 충분히 시간이 있었다.

그때도 결국 다시 찾지 못한 만년설곡이긴 하지만, 남궁혁에겐 그 수많은 사람이 요녕을 헤매며 얻은 정보들이 있었다.

그리고 여차하면 모용청연의 도움을 받을 수도 있지 않을까?

'그 말괄량이가 얌전히 세가에 박혀서 수련만 하진 않았을 테니까. 요녕성 지리에 대해서도 잘 알겠지.'

게다가 사천성에서 태양화리를 잡을 때도 협력했었으니까, 이번에도 도와주지 않을까?

모용청연을 못 본 지도 꽤 됐다. 무림맹 비무 대회에서 만날 수 있을 거라고 생각했는데.

이상하게도 그때 모용세가는 참석하지 않았다.

마교를 뒤쫓는 일에도 영 미적지근했고.

뭔가 내부적으로 사정이 있나?

항주에 있을 때는 남궁혁도 바빠서 미처 모용청연에게 연락할 생각을 하지 못했다.

그런데 이상한 건, 모용청연 쪽에서도 연락이 없었다는 것.

남궁혁과 모용청연은 열 살 때 만난 이후, 일 년에 적어도 두 번 이상은 서신을 교환해 왔다.

그래서 당연히 세가로 돌아가면 모용청연이 보낸 편지가 한두 개는 도착해 있을 줄 알았다. 그런데 편지가 없었다.

처음에는 폐관 수련에라도 들어갔나 싶었는데, 생각해 보니 그것도 아닌 것 같았다.

열두 살에 처음 폐관에 들어갈 때도 일 년 정도 편지를 못 쓸 거니까 걱정하지 말라고 연락을 먼저 보냈던 그녀니까.

"어디 아프거나 한 건 아니겠지? 아니면 모용세가에 큰일이 있었다거나?"

지금 당장 떠오르는 이유로는 이번 마교의 준동으로 인해 당가처럼 봉문을 하는 것밖에 없었다.

하지만 그런 일이라면 남궁혁이 모를 리가 없다. 그만한 세가의 봉문은 엄청난 화제니까.

그게 아니라면 집안의 어르신이 돌아가셨다거나?

그런 경우도 남궁장인가로 연락이 왔을 테니까 당연히 알 테다.

굳이 나쁘게만 생각할 게 아니라 좀 좋게 생각해 보자면,

가문 전체가 달려들어야 할 조상의 심득이 발견됐을지도 모른다.

"그래도 좀 이상하긴 한데. 마교 수색전에서 썩 성의를 보이지도 않고 말이야."

남궁혁은 생각에 잠긴 채 말을 몰았다.

뭐 그거야 모용세가에 가 보면 알 일이었다.

원래 무림문파라는 게 외부에 알리기 어려운 비밀 한두 개는 있는 법이니까.

남궁장인가만 해도 본가인 남궁세가에게 알리지 않는 비밀들이 꽤 많이 있었다.

남궁혁 본인도 모두에게 감추고 있는 비밀이 있고.

"그나저나 지금 어디쯤 왔더라?"

남궁혁은 잠시 말고삐를 잡아당겨 발을 멈췄다.

동이 터오는 새벽녘. 관도에는 사람이 하나도 없었다.

하북의 드넓은 평야에서 생산된 곡식을 요녕으로 가져가는 상단의 행렬이 끊이지 않는 길이라고 알고 있었는데.

혹시 길을 잘못 들었나?

남궁혁은 지도를 펴 길을 확인했다. 하지만 분명 이 길이 맞았다.

"아직 새벽이라 사람이 없나?"

그렇게 중얼거리며 뒤를 돌아보았을 때, 마침 저쪽에서

일단의 무리가 이쪽을 향해 오고 있었다.

짐마차 두 대와 깃발을 보아 곡물을 나르는 상단인 것 같았다.

안 그래도 다음 마을까지 꽤 시간이 걸려서 심심한 여정이겠다 싶었는데.

상단 사람들과 말동무라도 할 겸 남궁혁은 말을 멈추고 기다렸다.

여행을 할 때는 해당 지역을 자주 오가는 상행에게서 정보를 얻을 때가 많았으니까.

"안녕하세요, 아침 일찍부터 수고하시네요."

상단이 가까이 다가왔을 때, 남궁혁이 슬쩍 목례를 하며 그들에게 인사를 건넸다.

보통은 이렇게 웃으며 얘기해도 처음에는 조금 경계를 한다.

게다가 이번엔 뻥 뚫린 사람 없는 관도에서 갑자기 아는 척을 하는 사람이라니.

화물을 터는 도적일 수도 있고, 엄청난 고수일 수도 있으니 의심부터 하는 건 당연하다.

하지만 몇 마디 나눠 보면 진짜 별 의도가 없다는 사실을 알고 함께하게 된다.

그래서 남궁혁은 그들이 경계 어린 눈초리를 보낼 때도

별 생각이 없었다.

자신에게 살기가 쏟아지기 전까지는.

"해치워라!"

얼굴을 반 이상 가리는 초립을 쓴 사내들이 허리춤에서 검을 뽑아냈다.

이제 막 뜨기 시작한 햇볕에 검들이 번쩍번쩍 빛을 냈다.

남궁혁도 얼결에 검을 뽑아 들었다. 본능에 가까운 몸짓이었다.

두 명의 초립인이 화물 마차를 딛고 남궁혁의 위로 뛰어내리며 검을 휘둘렀다.

아래에서는 예리한 검 끝이 말의 배와 다리를 찔러 댔다.

상대적으로 높은 위치를 선점한 남궁혁을 바닥으로 끌어내리려는 것이다.

이점을 가졌으면 활용을 하는 것이 인지상정!

영문은 모르겠지만 이미 상대를 적으로 인식한 남궁혁이 신속하게 움직였다.

발걸이에서 재빠르게 발을 빼고 말안장 위에 안착한 후, 그대로 안장을 잡고 물구나무 서기 하듯 거꾸로 일어났다.

그리고 날아오는 검면을 발로 퍽퍽 내밀어 찼다.

흔들리는 말 위에서는 발보다 잡을 수 있는 손이 더 안정적이니까.

이런 식으로 반격할 줄은 몰랐는지 날아오던 초립인들이 반탄력을 이기지 못하고 날아갔다.

하지만 말은 더 이상 버티지 못하고 무릎을 꿇었다.

쿵!

좋은 준마가 쓰러지는 소리와 함께 모래 먼지가 옅게 피어올랐다.

초립인들은 마치 먼지 속이 보이기라도 하듯 정연하게 검을 놀렸다.

말을 둘러싼 초립인은 다섯! 남궁혁이 피할 수 있는 곳은 없었다.

"흐억!"

누군가의 단말마가 먼지 사이를 날카롭게 스치고 지나갔다.

"천삼!"

"아니!"

비명의 주인공은 남궁혁이 아니었다. 초립인 다섯 중 하나가 피를 뿜으며 그 자리에서 쓰러졌다. 혈을 관통당한 즉사였다.

"뒤다!"

대체 어느새?! 초립인들은 서둘러 주변을 살폈다.

옅은 모래 먼지는 순식간에 가셨다. 그러나 남궁혁은 보이지 않았다.

그 잠깐 새에 어딜 갔지?

긴장한 초립인들이 사방을 정신없이 살폈다.

여기는 평지였다. 몸을 숨길 만한 곳이 없었다.

덩치가 커다란 말 한 마리가 쓰러져 있긴 했지만 그곳은 이미 초립인들이 둘러싸고 있는 상황.

파악—!

"기척도 느껴지지 않습니다."

"놈이 은신술을 배웠다는 정보는 없었는데. 설마 그 새 도망친 건가?"

초립인의 대장으로 보이는 이가 온몸의 감각을 곤두세웠다.

사술을 익힌 것도 아니고, 여기서 누구의 눈에 띄지도 않고 도망친다는 건 불가능했다.

그렇다면 어디 숨어 있다는 건가? 설마 그 잠깐 사이에 우리들 중 하나로 변장한 건가?

아니다.

『짐마차다!』

남궁혁이 어디 숨어 있는지 알아차렸을 때는 이미 늦었다.

방심하고 짐마차 쪽으로 다가갔던 두 명의 초립인은 거

센 강기의 폭풍에 무참히 휩쓸려 절명했다.

　나름 초절정의 무위를 갖춘 이들이었음에도 남궁혁의 검 놀림에 그들은 꼼짝도 하지 못했다.

　입수한 정보로는 겨우 화경의 초입을 맛본 실력 정도라고 했는데.

　저렇게 검강을 자유자재로 쓰는 것을 보면 결코 초입이 아니었다.

　게다가 이 적잖은 사람들이 눈치채지 못한 신들린 보법!

　두 명이 피 분수를 뿜게 하고 다시 화물 뒤로 몸을 숨겨 기회를 엿보는 남궁혁은 결코 만만하지 않았다.

　평지에서 일대 다수의 상황일 때 혼자라도 유리하게 접전을 이끌어 가는 방법을 알고 있는 상대였다.

　벌써 일곱 중 셋이 목숨을 잃고 넷만 남은 상황.

　웬만한 경우였다면 벌써 초립인들 사이에서는 도주해 목숨을 보전하거나 다음을 노리자는 논의가 나와야 할 때였다.

　전음을 주고받더라도 그 티는 나기 마련이다.

　하지만 초립인들은 다시 신중하게 짐마차 쪽을 에워싸기 시작했다.

　'쉬운 상대들이 아니네.'

　남궁혁이 숨을 고르며 이마의 땀을 닦았다.

그는 지금 최고조로 집중하고 있었다. 상대는 전혀 만만치 않았다.

적이라는 걸 인지한 순간 빠르게 판단을 내리고, 일대 다수가 아니라 가급적 일대 일로 숫자를 줄여 나가기로 전략을 결정한 덕에 수월하게 이끌어 나가는 것처럼 보일 뿐이었다.

일부러 빈틈을 만들지 않으면 빈틈이 보이지 않는다!

그게 초립인들의 대단한 점이었다.

때문에 남궁혁은 일부러 말이 넘어질 때 그 등을 발로 차더 큰 흙먼지가 일어나게 했고, 짐마차 뒤에서 기척을 숨겨 놈들을 방심하게 만들었다.

그러지 않았다면 지금쯤 상당히 고전하고 있었으리라.

평범한 암살자가 아니라는 건 확실했다.

암살자들이 선호하는 무기가 아니라 긴 장검을 들고 있었으니까.

게다가 그들의 검에서는 피 냄새가 거의 나지 않았다.

또 남궁혁이 검을 맞부딪쳤을 때 울리던 맑고 영롱한 소리.

절대 암살자들이 쓸 질 나쁜 검이 아니었다.

남궁장인가에서도 일급으로 분류할 정도의 검.

대체 이만한 검을 쓰는 곳에서 왜 날?!

"하압!"

"흐랏—!!!"

남궁혁이 열심히 초립인들의 정체에 대해 머리를 굴리는 동안 네 명이 동시에 뛰어들었다.

두 명은 아래로, 두 명은 위로!

검과 각으로 팔방을 막아 피할 곳 하나 없었다.

정교하고 세밀한 검, 정도에 맞는 진법!

역시 전문적으로 합격술을 훈련받은 명문 정파의 사람들이다!

남궁혁의 검 끝에서 시푸르다 못해 소름이 돋을 정도로 흰 빛이 광휘처럼 뿜어져 나왔다.

남궁혁을 향해 검을 내지르던 초립인, 북쪽을 맡아 뛰어오른 그는 뭔가 이상함을 느꼈다.

상대의 검에서 완벽한 검강이 뿜어져 나올 때부터였다.

죽음의 공포를 느낀 건 아니었다. 화경의 경지에 감탄을 느껴서도 아니었다.

어쩐지 이러면 안 될 것 같다는, 잘못된 일을 하고 있다는 감각.

따라야 할 것을 따르지 않고 거스르고 있다는 불쾌감.

자신을 향해 휘둘러지는 저 흰 검강의 주인이 옳은 정도요, 자신은 하찮은 사도처럼 느껴지는 느낌.

순간 그는 검을 쥔 손에 힘을 뺐다.

이십 년 넘게 검을 잡아 온 무인으로서 치욕스러운 일이었지만, 결코 그것이 치욕이라고 생각되지 않았다.

눈앞의 상대가 자신에게 죽음을 내린다면, 그것이 당연한 일일 것이기에.

푸슉─!

'어라? 내가 지금 왜 당했지?'

그는 가슴에 깊은 상처를 입고 나서야 정신을 차렸다.

분명 자신은 남궁혁을 베려고 했는데, 피를 뿜으며 쓰러지는 것은 자신이었다.

대연군림검의 기백에 순간적으로 압도당한 세 명이 차례로 쓰러졌다.

남은 건 한 명.

운 좋게도 남궁혁의 왼쪽에 서 있는 바람에 대연군림검의 기백에 휘말리지 않은 자였다.

이것을 운이 좋다고 할 수 있으려나.

"휴우, 만만치 않네."

남궁혁이 검을 고쳐 잡으며 투덜거렸다.

이들의 실력은 얼추 초절정 중반.

그리고 눈앞의 중년 초립인은 확실하게 화경을 넘보고 있는 실력자였다.

쓰러지는 말에서 서둘러 빠져나올 때, 다른 이들의 검은 다 피했지만 이 자의 검만은 못 피했으니까.

그 때문에 남궁혁의 허리춤에서는 지금 적지 않은 피가 흐르고 있었다.

남궁혁으로서도 이 자를 상대로 무조건적인 승리를 장담할 수는 없었다.

이 때문에 최대한 실력이 낮은 자들부터 제거해 나간 것이다.

"그런데 우리 어디서 만난 적 있지 않아요?"

"……!"

"시간 벌려는 거 아니고, 진짜로. 굉장히 예전에 본 거 같은데."

남궁혁의 중얼거림에 사내가 검을 고쳐 잡았다.

"문답무용, 죽어라!"

수 겹의 궤적이 남궁혁의 검로를 켜켜이 차단하면서 파고들어 왔다.

짙푸른 검기가 넓은 면을 장악하고 들어오는 것이 확실히 위협적이었다.

운신할 수 있는 공간이 현저하게 줄어드는 탓에 취할 수 있는 자세에 한계가 있었다.

남궁혁의 몸이 순식간에 몇 개의 초식을 걸러 내고 빈자리를 따라 움직였다.

'헉!'

초립인은 순간적으로 숨을 쉴 수가 없었다.

이상한 얘기지만, 마치 대기 중에 공기가 사라진 것 같았다.

하지만 그는 계속해서 검을 휘둘렀다.

상대의 검은 힘없이 나울대고 있었다. 아까의 공격으로 힘이 빠진 걸까? 자신의 검에 상대가 되지 않을 것 같았다.

쾅! 콰과과광!

새하얀 검강과 그에 비견될 만한 짙푸른 검기가 연달아 부딪치는 폭발음이 그의 귓전을 울렸다.

'이상하다. 왜 자꾸 힘이 빠지지?'

초립인은 이를 악물고 검기를 더욱 뽑아냈다.

단 한 번의 검격이면 무너트릴 수 있을 것 같았는데, 상대는 포기하지 않았다.

아니, 밀리는 건 오히려 초립인 쪽이었다.

그는 숨을 들이 삼켰다. 시원한 공기가 콧속을 타고 몸 전체로 퍼졌다. 그제야 좀 힘이 나는 것 같았다.

그 순간, 바람을 타고 온 검강이 그의 목을 베어 버렸다.

"커억…… 컥……!"

거기에 멈추지 않고 남궁혁은 확실하게 매듭을 지었다.

검이 배를 관통한 것이다.

"휴우—"

보통 두 번까지는 손을 쓰지 않지만 혹시라도 이 자가 기력이 남아 습격을 한다면 위험하므로 어쩔 수 없었다.

"그래도 실전에서도 통용이 되네, 이 검식이."

아까 초립인이 숨 막히는 기분을 느꼈던 그것.

바로 남궁세가의 절기 창궁검법, 거기에 남궁혁이 오행신공의 심법을 통해 얻은 개인의 심득을 얹어 만들어 낸 창궁일무검(蒼穹一無劍)이었다.

오행으로 이루어지는 어떠한 흐름의 시작과 끝을 창궁검법과 접목한 것으로, 단 두 개의 초식 밖에 없었다.

일시검(一時)과 무시(無時)검.

일시검은 주변의 자연지기를 모아 자신의 내공처럼 쓰는 검법이다.

남궁혁은 일전에 환귀곡의 진기를 내공처럼 썼던 경험을 되살려 이 검식을 만들어 냈다.

반대로 무시검은 주변의 어떤 유형화된 기를 무(無)의 상태로 오행을 풀어 흩어 버리는 것이다.

단순히 검기뿐 아니라 자연지기나 귀기 등에도 해당이 됐다.

방금 초립인을 상대할 때 쓴 검은 무시검이었다.

상대가 기 호흡을 기본으로 하는 무림인이다 보니 순간적으로 호흡 곤란을 겪은 것이다.

아직까지 일시검은 완벽하게 구사하지 못하고 있었다.

일시검을 쓸 만한 환경적 여건이 갖춰지지 못한 탓에 머릿속에만 있는 이론적인 검이 된 탓이다.

말만 들으면 거의 천하무적의 검법 같지만, 단점은 있었다.

단순히 초식만으로는 크게 위력이 없고 기가 휘몰아치는 격전의 한복판에서 써야 한다는 점이다.

아마 남궁혁보다 상위의 고수를 만난다면 기를 모으거나 흩어 버리기도 전에 당할지도 몰랐다.

초립인이 남궁혁보다 한 수 아래였기에 유용하게 쓰인 것이다.

"어디 보자. 이 사람 분명 낯이 익은데 말이야."

남궁혁은 쓰러진 중년의 초립인에게 다가갔다.

입매만 보이긴 했지만 분명 어디선가 본 얼굴이었다. 그것도 아주 예전에.

"이전 생에 알던 사람인가?"

남궁혁이 깊게 눌러쓴 중년인의 초립을 벗겼다.

"……이 사람은?!"

초립을 든 남궁혁의 손이 떨렸다.

이 남자는 모용세가의 사람이었다.

아주 멀고 먼 옛날, 십 년도 더 전에 모용 자매가 남궁혁의 집에 피신해 있었을 때.

모용세가가 운영하는 표국의 근처 지부에서 모용 자매를 데리러 왔었다.

그때 지부장이라는 이름으로 남궁혁에게 감사 인사를 하며 무언가를 전달해 주었던 사람!

정말 오래전의 기억이었지만, 이전 삶의 기억도 떠올리는데 그 정도도 기억 못할 건 없었다.

게다가 그때는 섬서에서 조용히 살아가던 때라 얼굴을 아는 사람도 많지 않던 시절이었으니까.

모용세가에서 보내 온 사람이라고 했지만 혹시 몰라 유심히 살핀 탓도 있었다.

그랬던 사람이 지금 요녕 부근에서 자신을 죽이려고 하다니.

남궁혁은 다른 습격자들도 초립을 벗겨냈다.

아까 그 중년인만큼은 아니지만 얼핏 기억에 남는 얼굴들이 있었다.

예를 들면 모용청연의 편지를 남궁장인가로 가져왔던 이라거나.

"모용세가가 대체 날 왜?"

남궁혁은 혼란스러운 표정을 지었다.

아무리 생각해도 모용세가와 딱히 척을 진 기억이 없었다.

심각한 얼굴로 고민하고 있을 때, 어디서 쿰쿰한 냄새가 났다. 시체 썩는 냄새였다.

해가 뜰 시간이긴 하지만 죽은 지 일각도 안 된 시신에서 냄새가 날 리가 없는데?

눈을 찌푸리고 있던 남궁혁은 냄새의 출처를 찾아 짐마차 쪽으로 다가갔다.

짐마차에는 커다란 곡물 가마니 몇 개가 실려 있었다.

곡물을 담는 거라고 하기엔 지나치게 큰 그 가마니에서 시체 썩는 냄새가 나고 있었다.

남궁혁은 검으로 가마니를 부욱 찢었다.

"이게 뭐야?!"

누가 봐도 검에 상처를 입은 것이 역력한 시체 몇 구가 가마니에서 쏟아져 나왔다.

남궁혁은 식겁하면서 마차를 더 뒤져 보았다.

그리고 한 자루의 피 묻은 검도 발견했다.

남궁장인가(南宮匠人家) 대장인 남궁혁.

그 검을 발견한 순간 남궁혁은 온몸에 소름이 돋았다.

썩어 가는 시체들의 상처와 검면의 폭을 비교하자 정확

하게 들어맞았다.

"나를 죽이려고 한 것도 모자라서, 나를 강도로 만들 생각이었던 건가?"

자신과 마주치려고 준비된 습격자들이었다니.

팽가에도 들르지 않았고 특별히 알리면서 다니지 않았는데 이동 방향은 어떻게 안 거지?

남궁혁이 눈살을 찌푸리며 주변을 경계했다. 이들이 전부가 아닐지도 몰랐다.

동시에 그의 머리가 빠르게 돌아갔다.

지금 상황에서 자신을 공격할 만한 상대는 많지 않다.

남궁장인가는 정식으로 무림맹에 들어갔고, 나름 은원 관계라고 할 수 있는 당문은 봉문에 들어갔으니까.

남는 건 마교 정도일까.

남궁혁은 마교의 이 공자를 패퇴시킨 데다가 천마신녀와 접촉해 마교의 비밀 지부를 알아낸 일등 공신이었으니까.

하지만 마교는 이미 무림 전역에서 자취를 감췄다.

생각에 생각을 거듭해도 모용세가와는 관련이 없었다.

'그러고 보니 태림이 얘기한 적도 있었지. 모용세가가 마교와의 수색전에 적극적으로 나서지 않는 게 의심스럽다고 말이야.'

남궁혁의 검미가 꿈틀거렸다.

이전 삶에서도 모용세가는 마교의 공격을 받지 않았었다. 적극적으로 나서지도 않았고. 그러나 그때는 모용세가가 마교가 있는 서쪽 사막 지역과 정 반대에 위치한 요녕에 있기 때문이라고만 생각했었다.

하지만 무림 전역에 있는 마교의 잔당들을 수색하는 이번 일에도 모용세가는 비협조적으로 나왔다.

어차피 공을 세우고자 하는 문파가 너무 많아서 모용세가의 미적지근한 대응도 크게 지적되지 않고 넘어갔었다.

'설마, 밀약 같은 것을 맺은 건가?'

가능성이 있는 얘기다. 모용세가는 오대세가의 일원이면서도 은근히 중원 심처에 뿌리를 내리고 있는 문파들에게 내돌려지곤 했으니까.

모용세가가 새외와 손을 잡고 중원 무림을 치려고 한 적이 있었기 때문이다.

물론 지금은 그 사실을 아는 이들도 많지 않을 정도로 까마득한 옛날의 일이었다.

하지만 당시 큰 피해를 입었던 제갈세가나 진주 언가 등이 그 일을 잊을 리 없었다.

이미 몇 번이고 사과를 거듭하고 고개를 숙였지만 다른 세가들은 잊을 만하면 그 일을 끄집어내 모용세가를 괴롭혔다.

그 몇 백 년간의 설움이 쌓이면 마교와 손을 잡는 일도 충분히 상상할 수 있는 범주였다.

'아귀가 딱딱 맞아떨어지네?'

마교가 난입할 예정이었던 무림맹 비무 대회에 금지옥엽인 두 딸을 출전시키지 않은 것.

이후 무림맹의 마교에 대한 행사에 적극적으로 참여하지 않은 것.

믿고 싶진 않았지만 모용청연이 연락을 하지 않는 것도 그 맥락이라면 이해가 갔다.

그렇다면 지금 무림에서 함부로 몸을 드러낼 수 없는 마교가 모용세가에게 남궁혁의 죽음을 사주했을 수도 있다.

하지만 이 모든 것은 어디까지나 가정에 불과한 것.

금화전장의 일 때처럼 무림맹에 모용세가를 치세요! 라고 말할 수 있는 상황은 아니었다.

'일단 몇 가지 사실을 확인해 봐야겠군.'

남궁혁은 주변을 둘러보았다.

모용세가의 사람들이 관도를 차단하고 온 것인지, 시간이 꽤 흘렀는데도 여전히 개미새끼 한 마리 보이지 않았다.

자신의 이름이 새겨진 검을 챙겨 든 남궁혁은 서둘러 관도를 벗어나 산속으로 들어갔다.

칠 인의 피가 강처럼 흐르는 관도에는 시체 썩는 냄새가

퍼지고, 곧이어 까마귀들이 까악까악 소리를 내며 날아와
시체를 파먹기 시작했다.

*　　　*　　　*

남궁혁이 사라지고 이 각 후.

남궁혁을 습격했던 모용세가의 사람들처럼 초립을 깊게
눌러쓴 두 명의 사내가 봇짐을 지고 걸어 왔다.

그들은 피 냄새와 함께 여기저기 쓰러져 있는 시신들을
보고는 눈살을 찌푸렸다.

한 명은 서둘러 누군가 살아 있는 이가 없는지 확인하러
다녔고, 다른 한 명은 도주한 남궁혁의 행방을 살폈다.

하지만 수확은 없었다. 살아남은 이도 없었고, 남궁혁이
어디로 갔는지도 보이지 않았다.

"자청대 이 조가 전멸이라니. 상대가 만만치 않을 거라고
생각했지만 이 정도일 줄은 몰랐는데. 가주님께 어떻게 보
고를 드려야 할지……."

"어쩔 수 있나. 솔직하게 보고 드려야지. 난 솔직히 자청
대가 너무 무모하다고 생각했어. 상대의 실력을 알면서도
혈기에 들끓어 덤비다니. 몰살당할 만도 했네."

"어쩔 수 없지. 원래 자청대주는 남궁세가라면 이를 가는

인사 아닌가. 그 놈은 자기가 처리하겠다고 눈에 불을 켰는데 어찌 남들이 함께하겠어. 그나저나 일이 어렵게 됐군."

"마교 놈들도 너무하지. 자기들의 원수면 직접 처리할 것이지, 왜 우리에게 손을 써 달래?"

모용세가 무인들의 시신을 살피던 이가 투덜거리며 자리에서 일어났다.

남궁혁을 제거하기로 한 건 마교 측의 결정이었다.

중원 무림에서는 철수하지만, 사사건건 교의 행사에 훼방을 놓은 남궁혁 만큼은 없애기로 한 것이다.

훗날 다시 일을 도모할 때 방해가 될 수도 있다는 마뇌의 판단이 작용한 결과였다.

하지만 남궁혁을 제거하느라 마교의 흔적을 또 남길 수는 없으니, 마교와 손을 잡은 모용세가의 힘을 이용한 것이다.

모용세가의 입장에서는 거절할 수 없는 요청이었다.

"한 배를 탄 입장이니 어쩔 수 없잖나. 지금 우리가 마교와 손을 잡았다는 사실을 그들이 슬쩍 흘리기만 해도 우리는 무림 공적으로 멸문지화를 당할걸."

"그건 그렇지만."

냉철한 분석에 투덜거리던 이가 입을 다물었다. 그 또한 마교와 손을 잡는 데 동의했던 세가원이었으니까.

모용세가주는 마교와 밀약을 맺는 데 있어 결정을 주요 세가원과의 회의를 통해 결정했다.

성공하면 모용세가가 무림 제일 세가로 거듭날 수 있는 기회지만, 실패하면 모든 것이 나락으로 떨어질 수도 있으니까.

그런 중요한 일을 혼자 결정하면 안 된다고 생각한 것이다.

가주와 총관, 가문의 어르신들. 그리고 세가의 일을 도맡는 각 분야의 장들과 부대의 대주들까지 모인 자리.

그 자리에서 모용세가는 단 한 표의 반대를 제외하고 전부 마교와의 밀약에 찬성을 던졌다.

마교가 던진 미끼가 그들의 마음을 흔든 것이다.

무림 제일 세가.

모용세가가 요녕에서 무림 세가로서 자리를 잡을 무렵부터 이미 무림 제일 세가로 이름을 날리던 남궁세가가 오래도록 독점한 그 이름.

어찌어찌 세력을 키워 무림 오대세가의 반열에 들었지만, 모용세가는 세가의 위치 때문에 사실상 새외나 다름없는 취급을 받았다.

그 설움이 그들에게 새외와 손을 잡게 했으리라.

하지만 그들과 손을 잡아 중원을 침략하는 일이 수포로

돌아가면서 모용세가는 그 전보다 더 차가운 대우를 받았다.

그럴 수밖에 없다며 감내하고 살아 왔지만 그것도 벌써 몇 대가 지난 일. 다른 중원 문파들의 멸시는 모든 세가원들의 마음속에 울분을 켜켜이 쌓게 했다.

마교는 바로 그 점을 공략했다.

마교가 중원 일통을 할 경우, 강소, 안휘, 하남 등 양자강 위쪽 지역을 모용세가의 영역으로 인정해 주기로 한 것이다.

그리고 기존의 정파들을 모용세가가 통솔할 수 있는 권한도 약조했다.

반쪽짜리 천하제일 세가지만, 그것만으로도 모용세가원들은 열광했다.

이 외진 요녕성을 무림의 중심부로 만들겠다는 야심이 그들의 마음속에서 불타올랐다.

지금 마교가 큰 피해를 입고 물러나긴 했지만 그들의 저력은 그게 전부가 아니었다.

모용세가주는 마교의 패배로 상당한 심리적 타격을 입었지만 그들이 곧 재기할 거라고 믿었다.

그렇게 된다면 모용세가의 꿈도 결코 꿈으로 끝나지 않으리라.

그를 위해서 모용가주는 마교가 부탁하는 것들은 전부 들어주려고 노력했다.

하지만 마뇌가 신신당부한, 남궁혁을 제거하는 일에 실패하다니.

"서둘러 돌아가자. 가주께서 대책을 세우실 시간이 필요하다."

"알았네."

그들은 시신에서 모용가의 상징을 전부 제거하고, 짐마차 안의 시체들을 바닥에 늘어놓아 강도에게 습격을 당한 것처럼 꾸미고 자리를 떴다.

이윽고 모용세가가 뒤에서 손을 쓴 통행 제한이 풀리자 사람들이 관도로 하나둘 나오기 시작했다.

오늘 오후 중으로 납품해야 하는 물건 때문에 발만 동동 구르고 있던 행상인 오 씨가 누구보다도 빨리 걸음을 재촉했다.

거의 뛰다시피 발을 옮기던 그의 눈에 뭔가 이상한 것이 보였다.

그건 마차였다. 말도 없이 덩그러니 놓여 있는 마차.

그리고 그 주변에 웬 짐들이 흩어져 있었다.

원래대로라면 크게 이상할 일은 아니긴 하지만, 관도의 통행이 금지됐다가 풀린 것이 좀 전인데. 자신보다 앞선 사람이 있었다니?

가까이 다가가고 나서야 오 씨의 눈에 죽은 모용세가의 사람들과 부패하기 시작한 시신들이 눈에 들어왔다.

"이, 이게 다 뭔 일이다냐……!"

물론 모용세가라는 흔적을 다 제거했기에 시신들은 모두 상단 소속처럼 보였다.

오 씨가 불러온 관청의 사람들이 곧 관도를 에워쌌다.

지나가는 사람들은 검문을 받아야 했고, 관도를 자주 이용하는 이들은 특히나 자세한 심문을 받았다.

하지만 한 나절이 지나자 포졸들은 시신만 수거한 채 검문을 해제했다.

처음에는 단순한 강도 사건인 줄로만 알았는데, 자세히 살펴보니 상처에 무림인의 흔적이 보였다.

게다가 그 직후 모용세가로부터 언질이 있었던지라, 관청은 이 사건을 무림 간의 알력 다툼이라 판단하고 조사를 종료했다.

무림과 관은 불가침이라는 원칙에 따라 관은 시신을 모용세가와 관계가 있는 가까운 장원에 이양했고, 사건은 그렇게 마무리되었다.

이튿날 저녁.

석양이 온 세상을 붉게 물들였다. 사람들은 관도에 선연하게 남은 핏자국을 괜히 피해 다니며 어제 있었던 일에 대해 입방아를 찧어 댔다.

밤이 오기 전까지 다음 마을로 가기 위해 발을 옮기는 분주한 행렬 사이로 한 명의 거지가 슬쩍 끼어들었다.

"에잉, 거지가 끼어들었네."

"저쪽으로 가세. 냄새가 고약할 거 같아."

몇몇 행상인들은 털레털레 걷는 거지를 보고 반대편으로 걸음을 옮겼다.

누구도 그를 보고 뛰어난 장인이자 화경의 고수이기도 한 무림의 신성을 떠올리지 못했다.

'성공적이군.'

남궁혁은 진흙이 묻어 부스스한 머리카락을 더욱 헤집으면서 털레털레 걸어갔다.

검댕이 묻은 얼굴과 흙물이 밴 옷, 허리에 매단 바가지까지, 그는 영락없는 거지꼴이었다. 검은 잘 갈무리해 주변 산속 깊숙한 곳에 숨겨 놨다.

처음에는 빙연과를 포기하고 돌아갈까도 생각해 봤다. 영약이 여기만 있는 건 아니니까.

목숨의 위협을 받으며 비밀리에 숨겨진 영약을 찾는다는 건 어지간히 피곤한 일인 것이다.

하지만 남궁혁의 직감, 그리고 이전 삶의 모용세가에 대한 기억이 그를 붙잡았다.

모용세가와 마교가 연관이 있다면 좀 더 파헤치는 것이 좋으리라.

지금의 거지꼴은 그 조사를 위해서였다.

모용세가의 텃밭이나 다름없는 곳에서 내가 남궁혁입니다, 하는 건 '죽여 줍쇼'라고 써 붙여 놓고 다니는 거나 똑같으니까.

게다가 그들은 남궁혁을 제거함에 있어 암부의 손도 빌리지 않고 세가 사람들을 직접 움직였다.

이 일을 그 누구도 모르게 진행하고자 했다는 뜻이다.

그만큼 이쪽에서 조사하는 데도 은밀함이 필요하다.

남궁혁은 자신의 거지 분장에 만족하며 모용세가가 있는 심양을 향해 나아갔다.

* * *

요녕의 성도인 심양.

이른 새벽녘, 한 명의 거지가 옷깃을 여미며 큰 대로를 털레털레 걸어가고 있었다.

"흐미, 추워! 왜 이런 날 나가야 하는 거야?"

거지는 연신 투덜거리고, 그 지저분한 옷자락에 주룩주룩 흘러나오는 콧물을 패앵 풀어 내면서 걸음을 재촉했다.

추운 날씨이기는 했다. 중원에서 북해빙궁과 가장 가까운 곳에 있는 지역이니까.

거지 주변의 사람들은 다들 두터운 털 외투나 바람을 막아 주는 기름 먹인 가죽 옷을 입었고, 솜을 누빈 옷을 입은 이들도 꽤 눈에 띄었다.

그중에서 구멍 숭숭 뚫린 홑옷을 입은 거지가 춥다 춥다 연발하는 것이야 그리 이상한 일은 아니었다.

그런데 조금 이상했다. 그렇게 요란하게 코를 풀어 댔는데도 소매에는 콧물이 거의 묻어 나오지 않았다.

게다가 주변을 지나다니는 사람들의 얼굴이 새빨갛게 변한 데 반해, 거지의 얼굴은 적정 체온을 유지하는 듯 연한 복숭앗빛이었다.

물론 땟국물이 줄줄 흐르는 얼굴은 어쩔 수 없어서 거지의 낯빛이 그렇게 좋다는 걸 알아보는 사람은 별로 없었지만 말이다.

어쨌든 거지는 열심히 발을 놀려 '출근'을 했다.

심양을 가로지르는 큰 강, 그 주변의 작은 다리 밑이 바로 거지의 출근 장소였다.

워낙 사람이 많은 길목이라 거지도 많을 것 같았지만, 콧물을 홀쩍대는 그 거지 외에는 자리도 못 잡고 어수룩하게 눈치만 보고 있는 새끼 거지들뿐이었다.

사실 많은 초보자들이 간과하는 사실이지만, 빌어먹는 것은 그냥 되는 것이 아니다.

거지도 거지 팔자라는 것이 있다. 어디서 어떻게 빌어먹어야 하는지를 본능적으로 아는 이들이 바로 제대로 된 참거지가 된다.

일반적으로 밥을 빌어먹을 거면 이렇게 유동 인구가 많은 곳에 있으면 안 된다. 지금 여기를 어슬렁대는 새끼 거지들은 교육을 잘못 받았거나, 누구한테 구걸질에 대한 배움 한 톨 얻어먹지 못하고 배회하고 있는 것이다.

그렇다면 이런 곳에는 어떤 거지가 와야 하느냐. 뭐가 됐든 재주가 있는 거지가 와야 한다.

점을 칠 줄 아는 거지, 신기한 묘기를 부릴 줄 아는 거지, 밑천이 조금 있어서 지나가는 행인을 상대로 작은 도박이라도 치는 거지 등등.

하다못해 지나가는 사람에게 양 손바닥을 바짝 붙이고 불이 날 때까지 싹싹 비비며 듣기 좋은 말을 해 주는 재주라도 있어야 이런 저잣거리에 올 수 있다.

물론 이런 거지들을 진짜 거지로 치지 않고 사도로 치는 놈들도 있지만, 어차피 바닥에 빌붙어 사는 인생에 이 거지저 거지가 어딨겠는가.

다시 한 번 코를 패앵 하고 풀어 낸 거지는 이미 거적때
기가 깔려 있는, 늘 그가 앉아 구걸을 하는 장소에 털썩 주
저앉았다.

그렇다면 이 번화가에 지정석이 있는 데다가, 지나가는
상인들이 얼굴을 알아보며 '여어, 개칠이. 오늘도 왔는가?'
라고 인사를 건넬 정도로 이 구역의 터줏대감인 이 거지의
재주는 무엇인가.

뭐가 됐든 그게 없는 코를 연신 패앵 풀어 대는 게 아니
라는 건 확실했다.

점점 날이 밝기 시작했다.

거지는 하늘을 홱 올려다보더니, 해가 떠오르며 날씨가
따뜻해진 것을 느끼곤 그 자리에 털썩 누웠다.

그러더니 이 추운 날씨에 배를 홱 까곤 드르렁 드르렁 코
까지 골기 시작했다.

당연히 그런 그의 바구니에 동전 하나 던져 줄 이는 없었
다. 아무도 그에게 신경을 쓰지 않았다.

그렇게 거의 하루가 갔다. 해가 지고 슬슬 공기가 차가워
지자 거지는 코를 킁킁거리면서 눈을 떴다.

워낙 오래 잠들어 있었던 탓에 눈과 얼굴이 퉁퉁 부어 있
었다.

그는 새가 둥지를 틀다 만 것 같은 머리를 헤집으며 크게 하품을 했다.

"하암— 오늘도 공쳤네."

그는 빈 바가지를 들여다보면서 중얼거렸다. 사실 그의 일이란 게 소득이 있는 날이 더 적긴 했다. 하지만 요새는 유독 적어서 심심하기 짝이 없었다.

땡그랑—

그때 거지의 귀 옆을 스치고 지나가며 은전 하나가 바구니 안으로 떨어졌다.

아니, 이게 웬 횡재람.

멋모르는 여행객 하나가 텅 빈 바가지를 동정한 건가? 그렇다고 하기엔 액수가 너무 컸다. 아무래도 술이 거나하게 취한 누군가가 기분에 취해 은전을 던진 모양이었다.

이럴 땐 거하게 감사 표시를 해 줘야지. 집에 돌아가면 그 큰돈을 어쨌냐고 마누라에게 달달 볶일 테니까 말이지.

"아이구, 감사합니다요 나리—?"

동전을 쥐고 고개를 들던 거지가 눈을 동그랗게 떴다.

그의 바가지에 은전을 넣은 이는 똑같은 거지였다.

순간 거지의 막혀 있던 코가 빠르게 킁킁거렸다.

상대는 분명 거지꼴이었지만 거지 냄새가 안 났다. 자신이 들고 있는 동전에서도 고린내가 나지 않았다.

보통 거지라면 돈은 주머니를 따로 만들어 사타구니 옆에 매달아 두기 마련이다.

특히나 그냥 동전도 아니고 은전이라면.

주머니를 매다는 걸로도 성이 안 차서 아예 제 물건에라도 묶어 버려야 안심이 될 테니까.

"뉘시유?"

거지는 의심스러운 눈초리로 그 거지 아닌 거지를 올려다보았다.

물론 은전은 후다닥 소매에 넣었다. 다시 돌려달라고 하면 아주 곤란하니까.

진짜인지 아닌지 캐물어 볼 필요도 없었다.

은전을 손에 쥐는 일은 그리 흔치 않지만, 이 거지는 무게만으로도 이게 정확히 순은 한 닢의 무게인지 아닌지를 구분할 수 있는 충분한 교육을 받은 상태였다.

"잘못 찾아왔나? 여기가 맞다고 들었는데."

"무슨 말이유?"

"여기 오면 그걸 구할 수 있다고 들었거든요."

"워메, 이 사람 보게. 거지한테 뭘 뜯어내려고!"

"뒤집어 말린 쥐고기 한 근과 돼지창자 다섯 근."

거지 안 같은 거지가 요구 사항을 말하자 진짜 거지가 눈을 크게 떴다.

그는 후다닥 소매 깊숙한 곳으로 쑤셔 넣은 동전을 다시 꺼냈다. 그리고 손가락 끝으로 은전의 테두리를 더듬었다.

일반적인 은전이라면 없을 독특한 홈이 그의 손끝에 느껴졌다.

하나, 둘, 셋, 넷…… 여덟!

"팔결전이라니? 어느 장로님께 받은 거유?"

거지의 목소리에는 긴장의 기색이 사라져 있었다. 믿을 만한 사람이라고 여긴 것이다.

은전에 새겨진 홈은 그 은전을 제공하는 거지의 결을 표시한 것. 즉, 여덟 개의 홈은 개방의 장로급을 의미했다.

거지가 받은 것은 칠 결 이상의 제자가 '이 사람에게는 믿고 정보를 제공하라'는 표식으로 주는 은전으로 각 결에 따라 칠결전, 팔결전, 구결전 따위의 이름으로 불렀다.

"구 장로님이요."

"거참 이상하네. 그분이 주신 팔결전인데 이렇게 냄새 하나 안 나고 깨끗하단 말이유?"

"그야 당연히 깨끗하게 닦았죠."

사내는 눈살을 찌푸렸다. 처음 구걸에게 팔결전을 받았을 때 나던 냄새가 생각난 탓이다.

'구 장로님도 날 생각해서 준 거긴 하겠지만, 그래도 좀 닦아서 주면 좋았을 텐데.'

팔결전을 들고 심양에 나타난 사내는 바로 남궁혁이었다.

모용세가의 추적을 피해 심양에 들어온 이후, 그는 바로 개방과 연락하기 위해 이곳을 찾았다.

혹시 몰라 출발하기 전에 개방의 비밀 연락 장소를 알아 둔 것이 다행이었다.

다른 정보 문파를 이용해도 좋았겠지만 역시 개방의 정보력은 다른 문파에 비할 바가 못 됐다.

게다가 모용세가의 텃밭인 이곳에서 모용세가의 비밀에 대한 정보를 얻으려면 그에 꿀리지 않는 문파여야 하지 않겠는가.

원래 거대문파가 자리 잡은 도시의 정보 문파는 크게든 적게든 그 문파와 손을 잡고 있으니까.

그런 점에서 개방이 적격이었다. 같은 정파고 무림맹 소속이긴 했지만 개방은 원래도 타 문파는 아랑곳 않는 성격들을 갖고 있었으니까.

정보 문파니까 가능한 배짱이었다. 모든 문파에 고루 배짱을 부렸기 때문에 다들 서로의 정보를 역이용하기 위해 개방의 방자함을 일정 정도 봐주었던 것이다.

"그럼 따라 오슈."

어쨌든 거지는 일어나서 남궁혁을 어디론가 안내하기 시

작했다.

거지의 역할은 바로 이것이었다. 심양 내의 개방을 찾는 자들을 지부로 안내하는 것.

물론 아무나 데려가는 건 아니었다. 무림인이라면 찾기 어렵지 않은 곳에 있는 일반 지부로 데려가는 것도 아니고.

개방 내 주요 인물들 및 핵심 정보원들만 이용할 수 있는 개방의 심처로 데려가는 것이다.

그곳에 가야만 개방의 특별 정보를 제공받을 수 있었다. 물론 지금 남궁혁이 낸 팔결전 등의 표식이 있어야만 안내받는 것이 가능했다.

거지는 꼬불꼬불한 골목을 한참 동안 지나갔다.

대체 얼마나 지저분한 곳이 나올까? 남궁혁은 자신이 안내받을 개방의 비밀 지부를 상상하며 그를 따라갔다.

일반적인 개방의 지부에는 여러 번 들러 보았다. 구걸을 따라서 가 본 적도 있었고, 항주에서 개방의 도움을 받기 위해 가 본 적도 있었다.

다리 밑이나 산속 깊숙한 곳, 아니면 구석진 골목의 거지촌. 개방의 지부들은 구파일방이라는 이름으로 구대문파와 견주는 대문파의 지부라고는 믿을 수 없을 정도로 지저분하고 초라했다. 웬만큼 험한 일에는 익숙한 남궁혁도 숨을 쉬기가 어려울 정도로 냄새가 코를 찌르는 곳도 있었다.

그런데 비밀 지부는 얼마나 더 더럽겠는가.

'설마 뒷간 안에 있다거나 그런 건 아니겠지?'

자신의 상상이 제발 틀렸기를 바라며 남궁혁은 휘적휘적 걸어가는 거지를 따라갔다.

거지는 골목을 지나, 거지촌을 지나, 거리에 쭉 늘어선 가게와 관청들까지 지나쳤다.

그리고 그의 걸음이 이어진 곳은 웬 부촌이었다.

'엥?'

높은 담장과 그보다 더 높은 전각들. 어느 방에 들어가든 은전 한 꾸러미 정도는 쉽게 발견할 수 있을 것 같은 동네였다.

거리에는 비단옷을 입은 이들이 오고 갔다. 어딜 봐도 거지들의 소굴이 있을 만한 곳은 아니었다.

'엉뚱한 거지를 찾은 거 아니야?'

남궁혁은 미간을 찌푸렸지만 그래도 거지를 계속 따라갔다. 그를 따라가는 거 외엔 달리 방법이 없었으니까.

이윽고 그가 어느 큰 대문 앞에서 멈췄다. 척 봐도 이 동네에서 제일 부유해 보이는 집이었다.

정문에는 문이 여덟 개나 달려 있었고 거지는 그중 왼쪽의 가장 끝, 제일 작은 하인 전용 문으로 가 문을 두드렸다.

"태주 댁! 태주 댁! 밥 좀 주소!"

한참이나 요란스럽게 문을 두드리고 나자 문이 벌컥 열렸다.

문을 열고 나온 이는 장원의 부엌에서 일할 것 같은 중년의 여인이었다.

여인은 거지를 쓱 보더니 인상을 찌푸렸다.

"또 네놈이냐?"

"헤헤. 이 심양에서 제일 명망 높은 장 씨 어르신께서 설마 이 불쌍한 거지에게 밥 한 술 안 주시진 않겠쥬?"

"거참, 매번 뻔뻔하기는."

여인은 당장 얼굴에 침이라도 뱉을 것 같은 표정을 지었다. 하지만 입에서 나온 말은 정반대였다.

"들어오게"

물론 여전히 소태 씹은 인상이긴 했지만.

"헤헤, 감사합니다유."

거지는 기회를 놓치지 않고 꾸벅 고개 숙인 다음 열린 문틈을 비집고 들어갔다.

남궁혁이 어째야 하나 머뭇거리자, 여인이 그에게도 들어오라고 손짓했다.

"뒤에 자네도 후딱 들어와. 문 앞에서 서성거리지 말고."

"어르신은 안에 계슈?"

"잘 계시니 후딱 들어가시우."

거지의 물음에 중년 여인이 고개를 안쪽으로 까딱였다.

중년 여인은 또 어디론가 사라졌고 거지는 길을 잘 아는 듯 안쪽으로 들어갔다.

장원 안 복잡하게 늘어선 건물들의 뒷마당과 뒷마당 사이를 지나간 끝에야 그들은 최종 목적지에 다다랐다.

거기가 최종 목적지인 걸 어떻게 알았느냐면, 누가 봐도 부호의 정원인 게 빤한 아름다운 정원에 거지의 초막이 있었기 때문이다.

"여기가 설마?"

남궁혁이 확인차 묻자 거지는 고개를 끄덕이고는 초막의 입구를 들춰 크게 소리 질렀다.

"대장! 손님 왔어유!"

"이 늠아, 귀 먹겠다!"

초막 안으로 들어선 남궁혁은 깜짝 놀랐다.

그 안에 있는 거지는 딱 한 명이었는데, 이제까지 본 개방도들과는 전혀 달랐다.

물론 땟국물 가득한 얼굴과 지저분한 머리, 다 해진 옷에 허리춤의 구걸 바가지까지는 일반 개방도와 별반 다를 게 없었다.

이 비밀 지부 안에 있으니 이 사람이 개방 요녕 지부의 지부장인 것은 틀림없는데.

그치만 할머니 거지라니.

"왜. 할미 거지 첨 봐?"

지부장이 주름살을 찌그러트리며 매섭게 물었다.

남궁혁은 당황을 가라앉히고 차분하게 대답했다.

"솔직히 말하면 처음 뵙네요. 개방은 전부 남자 거지들만 봐 왔거든요."

실제로도 그랬다. 여자 거지가 드문 것은 아니었지만 개방도인 여자 거지를 본 적은 없었다.

개방에 들어갈 정도로 무공에 재능이 있다면 다른 문파에 가는 게 더 낫다는 것을 아니까.

그런데도 개방에 남았다는 건 역시 거지가 체질이라는 걸까.

거기에 지부장을 할 정도라면 남자니 여자니를 떠나서 정말 거지 중에 상거지임에 틀림없었다.

"끌끌, 거지에 남자가 어딨고 여자가 어딨누. 빌어먹기만 하면 다 거지지."

남궁혁의 생각을 읽기라도 한 듯 지부장이 실소를 흘리며 중얼거렸다.

"그래, 여길 찾아왔다는 건 최소한 팔결전 정도는 저 동냥 거지한테 던져 줬다는 것일 테고, 네놈 말투는 저기 화산 놈들과 비슷하구나. 거기에 서른이 안 된 얼굴에 최근

이 동네를 찾아올 만한 놈이 뉘가 있더라?"

늙은 거지는 남궁혁의 위아래를 쓱 훑어보며 순식간에 그의 정체를 추리해 나갔다.

"호오, 고 놈 손바닥 보소."

순간 거지의 눈이 반짝 빛났다.

"네놈이 남궁혁이냐? 손이 망치질하는 손이구만."

"예리하시네요. 정확히 맞히셨습니다."

남궁혁은 속으로 감탄했다. 과연 여자가 적은 개방에서 오래도록 버티며 대장 거지를 할 정도이니 뭔가 남다를 것이라고 예상했지만, 고작 자신을 잠깐 대면한 것 가지고 정체를 밝혀내다니.

"예리하긴. 구걸 그 할배가 네가 요녕 땅으로 향하고 있다고 어찌나 전서구를 날려 대든지. 오면 잘해 줘야 한다고 하도 당부를 하는 통에 자다가도 네놈 이름이 귀에 어른거린다. 에잉."

"구 장로님이 그러셨어요?"

"그렇다마다. 한 작년인가 재작년쯤엔가, 할배가 어찌나 네 자랑을 하고 다니는지, 나는 한동안 네가 개방의 후기지수인 줄 알았지. 그래선지 네가 꽤 친숙하구나."

"지부장님의 존함은 어찌 되십니까?"

"나? 그건 무엇 하러 물어. 그냥 지부장님, 아니면 대장이라고 해. 그래, 뭐가 궁금해서 왔어?"

생각 이상으로 시원시원한 사람이었다. 구걸과도 친하다
니 더 친근하게 느껴졌다.

"실은 제가 여기 오면서 모용세가의 습격을 받았어요."

"뭐?"

남궁혁의 입에서 갑작스럽게 심각한 주제가 튀어나오자,
지부장의 이맛살이 더욱 자글자글해졌다.

"흐음, 산해에서 있었던 사건. 그게 네가 한 짓이냐? 모
용세가 놈들이 시체로 발견됐다던데."

"제가 한 짓이라고 하긴 그렇죠. 그쪽이 먼저 습격했는데
요."

남궁혁이 모용세가에게 습격을 당했던 곳. 그곳이 산해
로 가는 길목이었다. 과연 개방답게 척하면 척이었다.

"그래서, 모용세가에 대해 알고 싶다 이거냐?"

"네. 게다가 제 친한 친구가 모용가의 여식인데, 벌써 반
년 넘게 소식이 오질 않고 있어요. 뭔가 내부에 이상한 일
이 있는 거 같아요."

모용세가가 마교와 관련이 있을 거라는 추측은 남궁혁의
이전 삶에서 근거를 가져온 거기 때문에 함부로 제시할 수
가 없었다.

그래도 모용가의 습격을 받았던 일 덕분에 이렇게 개방

에 물어볼 수 있는 게 다행이라고 해야 하나.

"정파의 한 축을 맡고 있는 모용가가 휘하 상단을 비밀리에 운용해 한창 정파에서 각광받고 있는 후기지수를 제거하려 했다는 건 확실히 수상쩍지. 수상쩍고말고. 홀홀홀."

하지만 대장 거지는 영 그 소식이 새롭지 않은 눈치였다. 오히려 갖고 있던 의심에 확신을 더한 듯 눈빛을 반짝였다.

"뭔가 아는 게 있으신 겁니까?"

"우리가 봉사냐? 저렇게 대놓고 수상쩍게 구는데 모르는 게 이상허지."

"그 정돈가요?"

"표면적으론 집안 어르신이 돌아가셨다고 하곤 삼베기를 내걸었는데, 조문도 받질 않고 일체의 출입도 금하지 뭐냐. 네가 말하는 모용가의 왈가닥 아가씨도 도통 보이질 않고. 뭣보다 수상쩍은 건 말이지—"

대장 거지가 아주 특급 기밀을 가르쳐 주려는 듯 남궁혁 쪽으로 몸을 숙였다.

지독한 냄새가 나긴 했지만 이미 구걸과 함께하면서 익숙해진 덕분에 남궁혁은 꾹 참고 그녀의 말에 귀를 기울였다.

"구걸 밥이 줄었어. 원래 너댓 바가지 정도는 기본이었는데, 요샌 반 바가지도 안 준다니까? 원래 상갓집일수록 구걸 밥을 두둑이 주는 게 예인데 말이지. 거 못 배워 먹은 놈들 같으니라구."

"아, 예……"

뭐 얼마나 대단한 얘긴가 했더니. 남궁혁은 한숨을 푹 쉬면서 몸을 뒤로 뺐다.

원래 개방에 실없는 사람이 많긴 하지만 이렇게 중요할 때는 안 그래 줬으면 좋겠는데.

할미 거지는 한숨 쉬는 남궁혁을 보더니 입꼬리를 올려 씨익 웃었다.

"거 김 빠졌다는 얼굴 하고 있네. 이게 얼마나 수상쩍은 일인 줄 알어? 원래 거지 밥은 그 집이 밥을 얼마나 많이 하느냐에 따라 양이 다르단 말여. 근데 그게 절반 이하로 확 줄었는디, 세가에 출입하는 사람은 없다는 기 뭔 뜻이것어. 요 놈들이 뒷구멍으로 딴짓을 하느라 세가에 잘 안 들러붙어 있단 얘기겠지. 없는 어르신까지 죽었다 내걸고선 말여."

"그것도 그러네요?"

"개방이 괜히 개방인줄 알어?"

남궁혁이 고개를 끄덕였다. 실없는 소리들을 자주 하긴 해도 그 안에 뼈가 있는 것이 역시 개방이었다.

"그러면 이미 개방에서 어느 정도 조사를 마치신 건가요?"

"다 캐진 못 했지. 세가에서 빠져나간 놈들이 대충 어디로 가는지 방향은 캤는데—"

순간 남궁혁과 할미 거지가 동시에 문 쪽으로 홱 고개를 돌렸다. 그러고는 후다닥 문밖으로 몸을 날렸다.

두 사람이 문을 빠져나가기 무섭게 시퍼런 강기가 초가를 반으로 동강 냈다.

시큼한 냄새가 나는 초가 안에 있어서 몰랐는데, 밖은 이미 피 냄새가 지독하게 풍기고 있었다.

입구 쪽에서는 최대한 소리를 죽인, 그러나 누가 들어도 무기와 무기를 맞부딪치고 있음이 분명한 소리가 들려왔다.

그리고 대장 거지와 남궁혁의 앞에는 시퍼런 강기를 뿜어내고 있는, 복면을 쓴 검수가 그들을 상대하기 위해 와 있었다.

초가를 반 토막 낸 녀석은 무너진 초가 위에 사뿐히 자리를 잡았다. 그리고 곧장 남궁혁을 노리며 빠른 살초를 전개했다.

"젠장!"

남궁혁은 재게 몸을 놀리며 상대의 검을 피했다. 저 시퍼렇게 서린 검강에 스치기라도 하면 그대로 저승행!

그는 서둘러 품 안에서 단검을 뽑아 들었다. 거지꼴을 하느라 긴 검을 소지할 수가 없었으니까.

서둘러 내공을 밀어 넣자 검이 새하얗게 빛나며 상대와는 비교할 수 없는 검강을 뽑아내기 시작했다.

남궁혁은 머리 위로 날아오는 검을 십자로 맞대 막아 냈다.

짧은 단검이긴 했지만 그래도 검을 쥐자 남궁혁도 마냥 밀리지는 않았다.

길이는 검강으로 보강할 수 있으니까.

그래도 늘 쓰던 검이 아니라 어색한 건 어쩔 수 없었다.

파직—

또 한 번 검강과 검강이 정면으로 부딪치자, 남궁혁의 검에서 불길한 소리가 들렸다. 단검의 한 면에 실금이 쫘자작 가고 있었다.

원래 이런 용도로 쓰려고 만든 검이 아니었으니까.

하지만 검강의 농도를 조절하면 상대에게 밀릴 수도 있는 상황.

이러지도 저러지도 못하는 국면에 요란한 공격이 끼어들었다.

"이것이 뭐 하는 개잡놈이여!"

피 묻은 타구봉이 화려한 궤적을 그리며 남궁혁과 복면인의 사이를 파고들었다.

어딜 갔다 오셨나 했더니, 입구의 소란을 정리하고 온 모양이었다.

남궁혁이 미처 차지하지 못한 사각을 할미 거지가 메워 주자 남궁혁은 한결 수월해졌다.

지부장을 맡을 정도의 무공 실력에다가, 남궁혁이 구걸과 함께 수련하면서 개방의 무공에 익숙해진 덕에 급조한 합격도 꽤나 위력을 발휘했다.

"호오—!"

할미 거지도 남궁혁과의 합이 마음에 드는지 꽤나 신나게 타구봉을 휘둘렀다.

타구봉의 빈틈을 남궁혁이 딱딱 맞게 막아 주니 그야말로 가려운 데 잘 집어 긁어 주는 느낌이랄까.

"간만에 싸움이 신이 나는구만!"

"조심하세요!"

두 사람의 합격과 복면인의 싸움이 십여 초를 넘어가자 슬슬 복면인이 밀리기 시작했다.

남궁혁과 할미 거지의 합이 점차 맞아 들어가고 있는 것이다.

그 어느 쪽으로도 피할 수 없게 두 사람의 공격이 복면인의 온 사방을 막아선 순간, 남궁혁이 빈틈을 놓치지 않고 깊게 검을 휘둘렀다.

"크윽!"

남궁혁의 검이 복면인의 옆구리를 베어 냈다. 복면인의 입에서 신음성이 터져 나왔다.

'어?'

남궁혁이 멈칫했다. 무엇 때문인지는 알 수 없었다.

남궁혁의 검이 머뭇거리는 사이 그는 서둘러 뒤로 물러섰다. 그리고 할미 거지를 견제하기 위해 거친 공격을 빠르게 퍼부은 다음, 순식간에 전각의 지붕을 밟고 달아나 버렸다.

"그년 참 날쌔기도 하네."

할미 거지는 얼얼한 팔을 흔들며 투덜거렸다. 남궁혁은 상대를 쫓아갈까 하다가 그만뒀다.

아마도 상대는 본거지로 돌아갈 것이다. 제대로 된 무기도 없는 상태에서 쫓아 봤자 독 안에 든 쥐 꼴이 될 가능성이 높았다.

"아이고, 다 뽀개 놓고 갔구만. 이걸 또 언제 딴 동네로 옮긴대."

할미 거지는 온통 엉망이 된 초가집을 보며 투덜거렸다.

입구 쪽에서는 와글와글한 소리가 나더니 갑자기 거지들이 몰려왔다.

심양에 있는 다른 개방 거지들인 모양이었다.

"대장! 괜찮으셔유!"

"뉘가 우리 할멈을 습격했댜!"

"이눔들아, 시끄러!"

할미 거지가 호통을 쳤지만 거지들의 소란은 가라앉지 않았다.

대체 어떤 놈이 감히 개방의 비밀 지부를 습격했는지 알아내기 위해 개방도들의 정보가 총출동하기 시작했다.

"아까 온 놈들이 열 명 남짓? 오늘 열 명 정도 이동한 문파가 어디 있수?"

"오늘 동해검문 구걸 밥이 좀 비었슈."

"청청상단은 오늘 아예 밥을 안 했다든디? 완전 공쳐 버렸잖우. 그치만 그눔들은 아녀. 새벽녘에 상단 전체가 큰 건을 물어서 이동하는 걸 새끼 거지들이 봤당께."

"어제 새벽 북쪽 산 밑 거지들이 사찰밥을 못 얻어먹었다는 얘길 들었는디, 거기서 온 거 아녀?"

수 명의 거지들이 내놓은 정보들이 하나로 종합되기 시작했다. 개방 거지들의 정보력이 실시간으로 결합되는 모습을 보는 건 처음이라 남궁혁도 신기한 눈으로 그 모습을 구경했다.

"모용세가구만. 모용가 그놈들이여."

할미 거지가 결론을 내렸다.

"동해검문은 전대 모용가 딸래미가 시집간 문파였고, 북쪽 산 사찰들은 이름 모를 무사들이 식객으로 머문 지 꽤 됐지. 따악 모용세가에서 빠져나간 인원 수 만큼 늘었어. 그리고 방금 그 복면 쓴 계집이……."

할미 거지의 눈이 가늘어졌다. 그러더니 말을 꿀꺽 삼켰다. 다른 거지들에게는 말 못할 정보여서일까? 아니면 문파 외 사람인 남궁혁이 있어서?

"모용세가가 이 지부의 위치를 알고 있나요?"

가만히 듣고 있던 남궁혁이 물었다.

"알기야 하겠지만, 그렇다고 맹우의 집을 때려 뿌술라 들어?"

할미 거지가 방방 뛰었지만, 남궁혁의 머릿속에는 모용세가의 속셈이 빤히 그려졌다.

지금은 늦은 밤. 개방의 비밀 지부는 절대 개방이 있을 거라고는 생각하기 어려운 부잣집의 내부에 있다.

그런 부잣집을 공격한다고 해도 기껏해야 대규모 도적단의 일로 보이지, 절대 모용세가의 행사라고 의심할 수는 없을 것이다.

"우리가 최근에 놈들의 행적을 쫓은 게 영 마음에 안 들었나 보지? 얼마나 켕기는 게 있으면 그런다?"

모용세가가 개방을 직접 공격한 건 남궁혁이 생각해도 놀라운 일이긴 했지만, 반대로 생각하면 호재이기도 했다.

개방이 모용세가의 음모를 밝히는 데 적극적으로 나선다
면 마교와의 연결 고리를 찾는 것은 시간문제일 것이다.

"뭣들 하구 있어! 언능 걸응들 날리지 않구!"

할미 거지가 타구봉을 휘두르며 소리를 질러 대자 거지
들이 빠르게 움직이기 시작했다.

개방 총타와 각 분타, 그리고 주요 문파들과 무림맹까지.

모용세가의 갑작스러운 습격을 알리는 개방의 걸응들이
날개를 쭉 펼치곤 빠르게 심양의 하늘을 벗어나기 시작했
다.

＊　　　＊　　　＊

수 마리의 걸응이 심양의 밤하늘을 가르며 날아가고 있
을 때.

개방의 비밀 지부를 습격했던 복면인은 상처를 부여잡고
서둘러 심양을 빠져나가고 있었다.

할미 거지에게 당하지 않은 몇몇 복면인들도 그 뒤를 따
랐다.

한 시진 정도를 달렸을까. 그들의 눈앞에 깎아지른 절벽
이 나타났다.

더 이상 갈 곳은커녕, 아무리 무림인이라도 저 아래로 떨

어지면 몸이 무사하지 못할 것 같은 천장단애뿐이었다.

그들은 그 절벽 아래로 망설임 없이 몸을 던졌다.

탁, 탁, 탁.

손바닥 하나만 한 절벽의 단면을 순서대로 밟으며 끝도 없는 절벽을 내려가던 그들은 어느 순간 안개에 휩싸인 절벽 안쪽으로 몸을 날렸다.

한 치 앞도 볼 수 없을 정도로 빽빽한 운무에 휩싸인 그곳에는 사람 하나가 겨우 들어갈 수 있을 것 같은 동굴이 있었다.

복면인들은 하나둘 차례대로 동굴 안으로 들어가 복면을 벗었다.

그중 가장 큰 상처를 입었던, 남궁혁과 대치했던 복면인은 복면을 벗자마자 바닥에 주저앉았다.

드러난 얼굴은 난처럼 희고 아름다웠다.

만약 남궁혁이 대치하던 중 이 얼굴을 봤다면 그대로 입을 쩍 벌린 채 그 자리에 굳어 버렸을 것이다.

너무 아름다워서가 아니라, 너무 잘 아는 사람이라서.

모용청경. 모용청연의 언니이자 그녀와 마찬가지로 남궁혁과 오랫동안 교류해 왔던 모용세가의 여식.

"청경 아가씨!"

"단주님!"

복면인들은 복면을 벗다 말고 그녀에게 달려가 두 팔을 부축했다.

　"으윽…… 난 괜찮아요. 부축하지 않아도 돼요."

　모용청경은 주변인들의 팔을 물리고 제 발로 일어섰다. 그리고 상처를 손바닥으로 막고는 동굴 안으로 들어갔다. 나머지 복면인들도 그녀의 뒤를 따랐다.

　동굴 안은 더더욱 깊어지더니, 마치 그물처럼 여러 갈래의 통로가 나오기 시작했다.

　모용청경은 이 안의 지리에 익숙한 듯 거침없이 발을 옮겼다.

　이윽고, 수많은 사람들이 바쁘게 오고 가는 커다란 공동이 나타났다.

　"청경아!"

　"단주님! 이게 무슨 상처십니까!"

　현 모용세가주, 모용태환을 비롯한 가신들이 서둘러 그녀를 향해 달려왔다.

　모용청경은 아버지를 보자마자 그 자리에서 무릎을 꿇었다.

　"죄송합니다, 가주님. 명령하신 일을 처리하지 못했습니다. 벌을 주십시오."

　"무슨 소리냐. 일어나거라. 이렇게 상처가 깊은데……."

모용태환은 걱정스러운 얼굴로 그녀를 일으켰다.

"저는 괜찮습니다. 제단은 어찌 되어 가고 있나요?"

"잘 되고 있다. 그보다 어서 치료를."

"예, 알겠습니다."

모용청경은 아버지의 손을 떼어 내고 공동의 중심부로 향했다.

그곳에 모용세가가 전력을 기울여 쌓아 올리고 있는 제단이 있었다.

제단은 신비하게도 얼음처럼 속이 비치는 투명한 돌로 되어 있었다.

이것은 옥빙석이라 불리는 암석으로, 내공을 부드럽게 받아들이는 돌이라 무기를 만들 때도 사용되는 것이었다.

내공을 사용하면 마치 두부처럼 부드럽게 잘리지만 그게 아니라면 만년한철로 된 도끼를 써도 결코 자를 수 없는 돌이었기에 모용세가의 무인들이 직접 나설 수밖에 없었다.

모용청경은 벌써 삼 단까지 완성된 제단을 한 걸음 한 걸음 올라갔다.

그녀가 계단 위를 올라가자 커다란 돌을 옮기던 무인들도, 한 편에서 돌의 모양을 다듬던 무인들도 모두 이쪽을 바라보았다.

모용청경은 아직 다 만들어지지 않은 제단에 올랐다.

마교에서 파견한 이들은 그녀를 제지하지 않고 오히려 공손하게 허리를 숙였다.

모용세가가 만들고 있는 이 제단은 바로 마신 재림을 위한 마신단.

그리고 모용청경은 그런 마신단의 제사를 주관하는 단주였다.

마신단의 단주는 주아흔과 같은 천마신녀 정도로 마신과 교감이 강하진 않지만 그래도 어느 정도 마신의 은총을 입을 수 있는 존재.

모용세가는 맹약의 증거로서 가주의 딸인 그녀를 마신단의 단주로 삼았다.

이는 모용가주가 그녀에게 강요한 것이 아니었다.

애초에 마교와의 맹약을 망설이고 있는 그를 강력하게 설득하며, 스스로 맹약의 상징이 되겠다고 나선 것이 바로 모용청경이었다.

"제 한 몸 마교에 희생하여 가문이 무림 제일로 거듭날 수 있다면, 소녀 얼마든지 소녀의 인생을 바치겠습니다."

그때 그녀의 목소리에는 믿을 수 없는 분노가 서려 있었다.

오대세가에서 가장 세가 밀리는 집안의 여식으로 그간 얼마나 그 분을 참아 왔던 것일까.

그동한 조곤조곤한 여인으로서의 모습만 보여 줬던 모용 청경이 보여 준 믿을 수 없는 강단에 세가원 모두가 눈물을 흘리며 무릎을 꿇었다.

한 때 결혼하지 않고 세가에 남아 있는 그녀를 보며, 오 대세가의 일원으로서 정치적인 결혼으로 집안에 도움이 될 생각조차 안 한다고 눈총을 주던 원로들은 그녀에게 사죄를 청했다.

그렇게 모용청경은 모용세가의 한 축이 되었다. 세가원 들은 그녀를 단주라 부르며 존중했다.

비록 마신을 받아들이며 자신들과는 다른 존재가 되었지 만, 그것이 세가를 위한 희생이었음을 잘 알고 있기에.

모용청경은 그대로 그 가느다란 입술을 열어 뭔가 알아 들을 수 없는 말을 중얼거리기 시작했다.

천마신녀가 마신과 대화할 때 사용하는 언어.

마신을 받아들이기로 하면 자연적으로 말할 수 있는 그 언어는 통상적인 방법으로는 배울 수 없었다.

때문에 이 자리에 있는 모두 그녀가 무슨 말을 하고 있는 지 몰랐다.

그러나 그 효과를 눈으로 볼 수는 있었다.

갑자기 시뻘건 빛이 모용청경의 몸을 감싸더니, 이내 번쩍! 하고 사라졌다.

"마신이시여—!"

"천마께서 단주에게 답을 내리셨다—!"

모용청경의 양옆에서 허리를 숙이고 있던 마교인들은 감탄을 내뱉었다.

"상처가……!"

"역시 천마란……."

모용세가의 사람들은 순식간에 상처가 나은 모용청경의 모습을 보며 식은땀을 흘렸다.

특히 모용태환은 그 모습에 안색이 어두워졌다.

자신이 나고 자라면서 배워 왔던, 마교에 대한 얘기들은 모두 헛것이었다.

모용태환의 어린 시절, 어른들은 마교가 별것 아닌 존재들이라고 말했다.

사파보다도 못한 잡술을 통해 일시적인 힘을 추구하는 존재들이라고, 두려워할 것 없다고 했다.

마신 따위는 존재하지 않는다.

만약 그런 존재가 있다고 하더라도 저 미약한 교인들에게 기대어 부활만을 기다려야 하는 처지가 가련하지 않느냐고 했다.

모용태환이 생각하기에도 그랬다. '신'이라 불리는 주제에 저 정도로 약하다면 별로 신경 쓸 가치가 없는 것 같았다.

그가 가주가 된 이후에는 조금 더 자세한 정보들을 알게 되었다.

마신이라는 존재가 실재하며, 마교가 어린 시절에 들어왔던 것처럼 마냥 만만치는 않다는 사실들을 알았지만 그래도 그는 마교를 크게 두려워하지 않았다.

하지만 지금은 두려웠다.

모용태환은 주변을 둘러보았다.

마신의 행사에 감탄하다가 자신과 눈이 마주치자 황급히 고개를 숙이는 세가원들이 보였다.

자신과 모용청경은 모용세가와 마교의 천하이분지계를 위해 그들과 손을 잡았지만, 사실 잘못된 선택을 한 건 아니있을까?

모용세가가 중원의 절반을 차지한다고 해도 세가원들이 마교에 심적으로 동화되어 버린다면, 의미가 없는 건 아닐까?

모용태환은 일부러 세차게 고개를 저었다.

그렇게 되지 않도록 하면 되는 것이다. 무엇보다 마교와의 연결 고리인 모용청경이 세가를 위한 한결같은 마음가짐을 갖고 있는 이상, 모용세가가 마교에 흡수당하지는 않으리라.

그렇다고 해도 걱정거리가 있었다.

모용세가가 무림을 양분해 한쪽을 차지하게 되면, 그때부터는 모용세가가 마교를 상대해야 한다.

물론 당장은 아니다. 한동안은 마교도 모용세가도 각자의 구역을 정리하고 체계를 바로잡느라 정신이 없을 테니까.

그들의 동맹은 딱 그때까지다.

먼저 혼란을 수습하는 쪽이 유리할 것은 자명한 일이다.

하나의 종교와 신념으로 뭉친 마교와, 갈가리 찢긴 채 배신자인 모용세가의 명령을 들어야 하는 무림.

어느 쪽이 유리할지 또한 빤하다.

'마교 말고도 손을 잡을 상대가 필요하겠군.'

훗날 마교와의 동맹을 깨고 그들을 상대해야 할 때, 자신들을 도와줄 사람들.

모용태환은 제단에서 내려오는 모용청경을 보며 생각에 잠겼다.

원래도 사이가 좋지 않은 오대세가는 어려울 것이다.

기껏해야 구대문파 정도가 아닐까. 그 이하의 문파는 도움이 되질 않을 테다.

'아무래도 조만간 장로 회의를 열어 봐야겠어.'

모용태환은 그렇게 생각을 정리했다. 당장은 눈앞에 마교에서 보낸 마인들이 있었다. 다른 생각을 하고 있다는 티를 내서 좋을 건 없었다.

"가주님."

"그래, 청경아. 몸은 괜찮으냐."

"괜찮습니다. 걱정 마십시오."

모용태환은 모용청경의 말에 두 가지 뜻이 있음을 눈치챘다. 몸이 괜찮으니 걱정 말라는 말과, 자신은 당신의 딸이니 걱정 마시라는 말.

특히 후자에 대해서 모용청경은 눈빛으로 말하고 있었다. 모용태환은 한결 마음을 놓았다.

"그런데, 청연이는요?"

"그 아이에 대해선 말도 말거라."

안도가 찾아들었던 모용태환의 얼굴이 다시 일그러졌다.

모용청연의 일은 최근 그를 가장 괴롭히는 문제 중 하나였다.

모용청연이 마교와의 맹약에 반기를 든 것이다.

"언니인 너는 네 삶을 바쳐 세가에 헌신하는데, 그 아이는 동생이 되어서 언니를 보고 배우진 못할망정, 끌끌."

"너무 그러지 마세요. 청연이가 세가를 생각하지 않아서 그러는 건 아니잖습니까. 그 아이도 그 아이 나름의 소신이 있기 때문에 반대를 하는 게 아니겠어요."

"그것도 하루 이틀이지. 벌써 세가 대 교의 맹약을 맺은 지 몇 달이 지났지 않느냐. 세가의 단결된 분위기를 해치고 있어. 마교에서 파견 나온 마인들도 계속 주시하고 있는 모양이다."

"마인들을 너무 신경 쓰진 마세요, 아버지. 우리는 교의 대등한 맹우이지 그들의 하수인으로 들어간 게 아니지 않습니까."

"그래, 네 말이 옳구나. 들어가서 쉬거라. 남궁혁과 개방에 대한 처리는 내가 알아서 하마."

"소녀가 미흡하여 아버지께서 수고로우시게 됐습니다. 그럼 부탁드리겠습니다."

모용청경은 모용태환에게 예를 올리고 공동에서 빠져나갔다.

또 한참 복잡한 동굴 속을 걸어가던 그녀는 자신이 방으로 쓰고 있는 작은 굴로 가는 대신 방향을 틀어 점점 더 깊숙이 들어갔다.

동굴은 점점 더 음침해졌다. 이윽고 철창으로 막혀 있는 곳이 나왔다. 그 앞은 모용세가의 무인 몇이 지키고 있었다.

"지나갈게요."

모용청경의 말에 무인들이 곤란한 표정을 지었다.

"더 이상은 안 됩니다, 아가씨. 가주님께서 아무도 들이지 말라고 한 걸 아시지 않습니까."

"내가 그 아무나에 속하나요?"

"그건 아닙니다만…… 또 들어가셨다가 들키면 저희만 경을 칩니다."

"그래서, 나를 막아서겠다는 건가요?"

모용청경의 말에 무인들이 어쩔 줄을 몰라 했다. 그녀는 가주의 딸이고, 또한 지금 모용세가에서 가장 큰 지지를 받고 있는 인물이었다.

사실상 그녀의 인기가 모용태환보다 더할지도 몰랐다. 일반 평무사들이 그런 그녀의 말을 거역하기란 쉽지 않았다.

"어흠, 오래 있었더니 피곤한데. 일각만 바깥 공기 좀 쐬고 올까?"

"그러세. 이 동굴은 다 좋은데 공기가 텁텁하단 말이지."

무사들은 모용청경에게 열쇠 하나를 건네주곤 슬쩍 자리를 비켜 주었다. 앞으로 일각에서 이 각 내로는 돌아오지 않을 것이다.

모용청경은 열쇠로 문을 열고 안으로 들어갔다. 하지만

그 안에는 또 하나의 철창이 있었다. 그 문은 받은 열쇠로 열리지 않았다.

바로 그 안에, 모용청연이 있었다.

모용청연은 해쓱한 얼굴을 한 채, 작은 공간에서 가부좌를 틀고 눈을 감고 있었다.

그녀의 몫으로 갖다 놓은 식사는 손도 대지 않은 채였다.

"청연아."

모용청경이 그녀를 불렀지만 모용청연은 꼼짝도 하지 않았다.

모용청경은 한숨을 내쉬었다. 동생이 걱정됐다. 모용청연은 벌써 수 일째 곡기를 끊은 상태였다.

아무리 무림인이라고 해도 벽곡단조차 먹지 않으면서 버틸 순 없었다. 저러다가 큰일이라도 당하면 어쩔는지.

게다가 지금 그녀는 운기조차 할 수 없게 점혈을 당한 상태였다.

"계속 이렇게 고집부리면 너만 다쳐. 이제 그만하자, 응?"

하지만 그녀는 역시나 답이 없었다. 모용청경은 한숨을 푹 내쉬었다.

처음부터 모용청연이 이런 곳에 갇혀 있었던 건 아니었다.

가주의 딸이기도 하고, 마교와 맹약을 맺기로 한 이후에도 그 결정에 불만을 갖는 이들이 없잖아 있었기에 그녀의 처우는 전과 다르지 않았다.

자칫 모용청연을 벌했다가 반대파가 결집하는 계기가 만들어지면 곤란하니까.

하지만 모용청연은 가만히 있지 않았다. 무력을 썼다.

그녀 또한 손꼽히는 후기지수 중 하나였으니까.

모용청연은 자신이 중요 정보에 접근할 수 있는 가주의 딸이라는 점을 이용하여 마교와의 행사에 훼방을 놓았다.

모용청연의 손에 파견된 마인이 죽어 버리자 모용태환은 처음으로 그녀를 가뒀다.

처음에는 가벼운 벌이었지만, 며칠 만에 풀려난 모용청연이 본격적으로 난동을 부리기 시작하자 서서히 강한 금제가 가해졌다.

검을 빼앗고, 점혈을 해 비밀동에 가두는 등의 벌이 이어졌지만 모용청연은 멈추지 않았다.

약한 금제는 깨부수고, 탈출해 무림맹에 이 사태를 전하려는 시도가 이어지자 모용태환은 결단을 내렸다.

모용세가에서 대대로 세가원을 제재할 때 사용하는 가장 끔찍한 수단.

제대로 점혈을 풀지 않고 억지로 풀려고 할 경우, 온몸의 혈도가 파괴되는 시술을 한 것이다.

내공을 사용할 수 없는 모용청연은 그저 신체가 좀 튼튼한 여인에 불과했다.

그녀는 동굴에 갇힌 채 더 이상 세가의 행사를 방해할 수 없게 되었다.

그러자 그녀는 단식으로 투쟁의 방법을 바꿨다. 모용태환을 비롯한 다른 이들은 모용청연이 저렇게까지 독한 줄은 몰랐다며 혀를 찼다.

모용청연은 이제 더 이상 세가원들과 대화도 하지 않았다. 말을 해 봤자 듣지를 않으니 소용이 없다며, 차라리 자신은 굶어 죽겠다고 하고는 입을 닫아 버렸다.

마교와의 연맹에 가장 큰 지지를 보낸 모용청경에 대한 태도도 마찬가지였다.

그래도 가주의 딸이 굶어 죽는 것을 방관할 수는 없기에 억지로 벽곡단을 삼키게 하는 등의 방법으로 목숨을 연명시키고 있지만, 갈수록 모용청연에 대한 여론이 안 좋아지고 있는 상황이니 그것도 얼마나 갈는지.

모용청경은 자신의 동생이 그렇게 허망하게 목숨을 잃게 놔두고 싶지 않았다.

그래서 가급적 시간이 날 때마다 모용청연을 찾았다. 어떻게든 대화를 통해 설득을 하고 싶었다.

하지만 대화라는 건 상대가 말을 들어 줄 때나 가능한 일. 모용청연은 언니가 뭐라고 하든 전혀 반응을 보이지 않았다.

"좀 전에 혁이를 보고 왔어."

이 패는 좀 쓸모가 있었다.

묵묵히 앞만 바라보고 있던 모용청연이 모용청경을 바라보았다.

"우리가 어릴 때, 그 애를 처음 만나 도움을 받았을 때도 느꼈지만 혁이는 정말 남달라. 그 얘기는 지난번에 했지? 혁이가 항주에 있는 마교의 비밀 지부를 찾아냈다는 거 말이야. 그 이후로 마교에 대한 무림맹의 일들이 술술 풀려나간 것도. 이번에는 대체 무슨 냄새를 맡았는지 여기 심양까지 왔어."

"설마, 혁이에게 무슨 해를 끼친 건 아니겠지?"

모용청연이 눈을 홉뜨고 날카롭게 물었다. 모용청경은 늘 그랬듯 부드러운 미소를 지어 보였다.

"해는 내가 입었단다. 하마터면 죽을 뻔했지."

"그 말은, 혁이에게 검을 들이댔다는 거네?"

"어쩔 수 없었어. 마교에서도 그를 제거하기를 원했고, 마침 개방도 우리 뒤를 캐고 있던 참이었으니까."

모용청연은 자리에서 일어났다.

너무나 오랜 시간 동안 한 자세로 앉아 있었던 탓에 몇 번이고 다리가 풀려 주저앉을 뻔했지만 그녀는 모용청경이 서 있는 철창 앞까지 걸어갔다. 그리고 눈에 쌍심지를 켜고 버럭 소리를 질렀다.

"어떻게 그럴 수 있어? 혁이가 언니와 내 목숨을 구한 건 다 까먹었어?"

"그때 우리를 추격했던 자들이 다른 세가들 중 하나의 사주를 받은 게 분명하다는 건 잊은 거니?"

"혁이는 그들과 관계가 없잖아!"

"왜 관계가 없어? 그 애도 남궁가의 사람이야. 우리를 구해 줬던 그때라면 모르겠지만, 지금은 남궁세가가 대놓고 후원을 하는 방계 가문이라고. 그 애라고 그들과 다를 거 같니?"

"달라!"

모용청연의 목소리가 작은 동굴 안에 쩌렁쩌렁하게 울렸다.

"……백 번 양보해서 혁이가 그들과 다르다고 칠게. 그러면 혁이는 마교와 뭐가 다르니? 우리는 마교와 뭐가 달라?"

"언니!"

"그들도 결국 우리와 똑같아. 힘을 추구하고, 그 힘을 통

해 원하는 것을 얻는 것. 그게 우리 무림인들과 뭐가 다르
니. 혁이 그 애도 남다른 재주, 특출난 무공이 아니었으면
주목받을 수 있었을 거 같니? 우리가 어릴 때부터 마인들에
대한 거부감을 교육받았기 때문에 그럴 뿐이야. 마음을 좀
넓게 가져 보렴."

"그렇게 치자면 정파와 사파가 오랫동안 싸워 왔을 이유
가 없지."

"난 그 문제에 대해서도 생각이 같단다."

잘못 입 밖에 내면 경을 칠 수도 있는 소리를 모용청경은
아무렇지도 않게 해 댔다.

실제로 정파와 사파의 차이를 단순한 권력 싸움이라고
보는 이들도 있었지만 정파 내에서 그러한 생각은 사도로
간주되었다. 하지만 어떠랴. 이미 마교와도 손을 잡은 마당
인데.

"나도 그들의 교리를 다 읽어 봤어. 다 읽어 본 후에 반대
하는 거야."

"그래? 어땠니?"

"난 그들의 방식처럼 누군가의 힘에 기대야만 강해지는
게 옳다고 생각하지 않아. 무도는 수양과 수련, 이 세상에
대한 깨달음을 통해 스스로의 완성을 추구하는 거야. 언니
의 생각은 틀렸어!"

"그래, 틀렸을지도 모르지. 하지만 지금 정파의 모습은 네가 말하는 것과 같니?"

모용청연은 할 말이 없었다.

정파의 많은 문파들이 스스로의 수양은 도외시하고 세속의 영광을 찾게 된 지 너무 오래됐다는 것을 모용청연도 잘 알고 있었으니까.

"너무 맑은 물에는 고기가 모이지 않아. 우리는 세가원들을 먹여 살려야 하는 입장이라는 걸 잊지 말렴."

"그렇게 탁해지다가는 있던 고기들도 다 죽어 버리고 말 거야."

"이번에도 의견 차이를 좁히는 데 실패해 버렸구나. 잘 쉬고 있으렴."

모용청경은 쓸쓸히 웃으며 한 걸음 뒤로 물러났다.

모용청연은 다시 제자리로 돌아가 가부좌를 틀었다. 어차피 그래 봤자 내공 운기도 못 할 텐데.

근묵자흑이라 했던가. 모용청연이 성실하기로 온 무림에 소문이 난 남궁혁과 십년지기 친구라는 것이 여실히 드러나는 부분이었다.

모용청경은 모용청연이 갇혀 있는 곳을 빠져나온 후, 또 다시 이리저리 얽힌 동굴을 지나쳤다.

곧 저 먼 끝에서 흰 빛이 보이기 시작했다.

빛을 따라가자 모용청경의 눈앞에 희디 흰 설경이 펼쳐졌다.

만년설곡.

이곳 지하 동굴을 통해서만 들어올 수 있는 전설적인 공간.

냉기를 머금은 지하수가 깊은 연못을 만들고, 독특한 기류를 만들어 일 년 내내 눈이 내리게 한다.

모용세가와 마교의 무인들은 털옷으로 단단히 무장한 채, 갈퀴를 단 긴 장대를 뻗어 빙연과를 채취하기에 여념이 없었다.

저 빙연과들은 마신의 제단에 바쳐질 제물.

일부는 여기 모용세가가 만들고 있는 제단에 바쳐지고, 나머지는 중원 각지에 있는 제단으로 보내진다.

모용청경이 알기로는 여기 말고 네 개의 제단이 더 있었다.

총 다섯 개의 제단이 완성되어 충분한 제물을 모으면 마신의 재림을 기원할 수 있게 된다.

모용청경이 제단의 단주를 맡으면서 알게 된 사실이었다.

빙연과를 나르던 마인들이 모용청경을 발견하고 고개를 꾸벅 숙였다.

"단주님을 뵙습니다."

"단주님을 뵙습니다."

깍듯이 예의를 갖춘 인사였지만 분명 거리감이 느껴졌다.

원래 두 세력을 잇는 다리 역할이라는 게 다 그렇다.

어느 쪽에서나 확실한 제 편으로 여겨지지 않는다.

그래도 모용세가에서는 피를 나눈 혈육이라 그런 게 좀 덜하긴 하지만.

"호오, 단주님께서 예까지 오시다니 드문 일이로군요."

뒤에서 썩 내키지 않는 목소리가 들려왔다. 마치 뱀이 사락거리는 것 같은 목소리.

모용청경은 표정을 굳히지 않으려 노력하며 뒤를 돌아보았다.

눈처럼 흰 피부에 붉은 입술과 붉은 눈동자. 만약 여인이었다면 중원 제일미를 놓고 겨뤘을 법한 가인(佳人)이 그녀를 보며 웃고 있었다.

그의 이름은 파성군. 마뇌의 제자로 모용세가에 파견된 마인들을 진두지휘하는 사내였다.

"또 동생분을 만나신 겁니까?"

모용청경은 마교에 호의적인 입장이었지만, 도통 파성군의 간드러지는 웃음소리만큼은 적응하기 힘들었다.

그 목소리를 듣고 있자면 마치 뱀과 같은 차가운 생물이 살갗 위를 지나가는 것 같았다. 그것도 비늘을 파르르 떨면서.

대화가 길어지는 것이 싫었기에 모용청경은 그를 최소한도로만 상대했다.

지금처럼 말을 아주 무시하는 것도 그 방법 중 하나였다. 일에 관련된 것이 아니라면 대답하지 않았다.

하지만 파성군은 아랑곳 않고 계속해서 그녀에게 말을 걸었다.

"이제 그만 포기하시지요. 작은 모용 소저께서는 절대 교에 협력하지 않으실 겁니다."

"해 봐야 아는 일이지요."

모용청경은 동생이 꼭 이 일에 적극적으로 동참하지 않아도 좋았다. 최소한 모른 척. 모른 척이라도 해 주길 바랐다.

그녀만 침묵하면 모든 게 잘 될 텐데. 더 이상 세가 내에 분란 없이 마교와의 맹약은 순조롭게 진행될 텐데.

하지만 파성군은 그조차도 불가능한 일이라는 듯 고개를 내저었다.

"때로는 척 보기만 해도 아는 일이 있답니다. 그분은 달라요. 자신의 신념을 순순히 바꿀 분이 아닙니다. 마치 우리 교인들 같지요. 교에서 자랐다면 좋은 교인이 되셨을 텐데요."

"그게 무슨 말입니까?"

"아, 이상하게 들렸다면 죄송합니다. 어디까지나 칭찬이었습니다. 그런 신념을 가진 분을 보기란 쉽지 않으니까요. 뭐, 본교 입장에서는 슬슬 정리를 해 주셨으면 하는 바이긴 합니다만."

모용청경이 사납게 그를 노려보았다. 정리라고?

"어디서 그 입을 함부로 놀리시는 겝니까. 아무리 우리가 맹우라 하더라도 여기는 모용세가의 영역입니다. 마교가 아님을 명심하시지요."

모용청경이 내뿜는 압박감에 파성군이 몸을 가늘게 떨었다. 마뇌와 마찬가지로 그 또한 무공을 익히지 않은 몸이었기에 파성군은 한 수 물러나는 수밖에 없었다.

"가주의 딸을 구금하는 것 또한 우리가 교에 보여 줄 수 있는 최고의 선의라는 것을 명심해 주길 바랍니다."

"후우…… 잘 알겠습니다. 명심하도록 하지요."

모용청경이 기세를 거두고 동굴 안으로 돌아가자 파성군은 피식 웃으며 한숨을 흘렸다.

"수백 년간 지켜 온 신념을 꺾은 주제에 자존심만 팔딱팔딱하게 살아서는."

마교라고 모용세가를 마냥 좋게 보는 것은 아니었다. 오히려 혐오하는 쪽에 가까웠다.

특히나 파성군은 아까 말했듯 오히려 모용청연 쪽이 더 마음에 들었다.

"그 신념이 꺾이지 않게 슬슬 생을 정리해 주는 것도 적을 존중하는 방법 중 하나지."

그는 흥얼거리며 손가락을 튕겨 마교인 몇을 불렀다. 빙연과를 채취하던 마인 몇 명이 그에게 다가왔고, 파성군이 무어라 지시를 내리자 동굴 안으로 사라졌다.

그날 밤.

모용청경은 어두운 동굴 안에서 잠을 설치고 깨어났다.

자신의 아늑한 방이 아닌 이 좁은 동굴은 아직도 그녀에게 익숙하지 않았다.

그녀는 한숨을 쉬며 자신의 몸 안을 돌아다니는 이질적인 기운에 눈살을 찌푸렸다.

마신이 밀어 넣은 마기.

그 힘은 정말로 놀라웠다. 기껏해야 초절정을 겨우 넘은 그녀가 화경의 남궁혁과 검을 맞댈 수 있게 만들어 주다니.

모두가 그 힘을 받아들일 수 없다는 것이 아쉬울 뿐이었다. 그럴 수만 있다면 천하 제일 모용가의 꿈은 결코 꿈이 아닐 텐데.

하지만 그렇게 얻은 힘이 정말 모용세가의 힘일까.

"난 그들의 방식처럼 누군가의 힘에 기대야만 강해지는 게 옳다고 생각하지 않아. 무도는 수양과 수련, 이 세상에 대한 깨달음을 통해 스스로의 완성을 추구하는 거야. 언니의 생각은 틀렸어!"

귓가에 모용청연의 목소리가 들려오는 듯했다. 모용청경도 동생의 말이 틀리지 않았다는 걸 알고 있었다. 그것이 정도다. 그렇기 때문에 정파다.

하지만 정도를 지킨다는 것은 언제나 어렵고, 그 고통을 감내하면서 욕심까지 채우는 것은 불가능하다. 모용청경은 계속해서 그렇게 자신을 다독였다.

그런데도 이 밤중에 잠 못 이루고 깨어나게 하는 그녀 안의 불편함은 대체 무엇일까.

모용청경은 한참 동안 고민하다가 결국 자리에서 일어나 자신의 굴 밖으로 나왔다.

모용청경이 밖으로 나온 시간.

모용청연은 여전히 가부좌를 튼 채 한 점을 바라보고 있었다.

사실상 면벽 수련이나 다름없는 일을 대체 며칠이나 해오고 있는 건지. 모용세가의 사람들이 그녀에 대해 혀를 내두를 만도 했다.

하지만 그것도 슬슬 한계였다. 사람의 육체에는 한계가 있기 마련이니까. 특히나 내공마저 억제된 상태라면.

이젠 사실상 정신력으로 버티고 있는 상황이었다.

누군가 한 명이라도 이 상황이 잘못됐다는 것을 깨달을 수 있기를 바라면서.

눈을 뜨고 있지만 눈앞이 캄캄해 거의 아무것도 보이지 않는 상황 속에서 모용청연의 청각이 이상한 소리를 감지했다.

풀썩, 풀썩.

누군가의 몸이 맥없이 쓰러지는 소리.

올 게 왔구나.

모용청연이 마른침을 삼켰다. 언젠가는 이런 날이 올 거라고 생각했다. 마교가 자신을 제거하려고 할 때가.

두렵진 않았다. 그보다는 억울했다. 지금 자신에게 날붙이 하나라도 있다면 놈들에게 생채기라도 내고 죽을 수 있을 텐데.

내공이 억제되지만 않았어도 한 명 정도는 저세상 길동

무로 삼아 떠날 수 있을 텐데. 그러지 못한다는 것이 억울했다.

철컹.

모용세가의 무인들을 기절시킨 이가 철창의 자물쇠를 열고 모용청연에게로 다가왔다.

모용청연은 주먹을 단단히 쥐었다. 최소한 한 대 때리고라도 죽어야 덜 억울하지 않겠는가.

한 발짝, 한 발짝.

모용청연은 둔해져 가는 오감을 집중해 상대의 기척을 파악했다. 지금 그녀는 극도로 약해져 있는 상태였으니까.

"허튼짓 말고 가만히 있어."

주먹을 내지르려던 모용청연의 손에 힘이 풀렸다.

"……언니?"

"시간이 얼마 없어. 점혈을 풀어 줄 테니까 소리 나지 않게 입 꽉 다물어."

모용청경의 손이 빠르게 동생의 이곳저곳을 훑어 내렸다.

모용청경이 흘려보낸 내기가 혈도를 자극할 때마다 모용청연의 입에서 비명이 터져 나올 뻔했다.

보름 넘게 억눌려 있던 기의 흐름이 갑자기 순환하면서 극심한 고통을 유발한 탓이었다.

"크윽……"

"다 끝났어. 이거 받으렴."

고통이 완전히 가시진 않았지만 진기가 다시 흐르기 시작한 몸은 확실히 전보단 나았다.

덕분에 그녀는 모용청경이 던진 것을 받아 들 수 있었다.

일반적으로 쓰이는 검보다 한참이나 짧은 소검. 그리고 벽곡단과 육포 따위가 들어 있는 작은 꾸러미였다.

"네 검이야. 그거 갖고 도망쳐. 입구를 지키고 있는 무사들은 전부 기절시켜 놨으니까. 하지만 시간이 많진 않아. 길어야 일각. 추적이 붙기까지 얼마 안 걸릴 거야. 그 전까지 최대한 빨리 이 산을 벗어나."

"날 왜 도와주는 거야?"

모용청연은 몸을 일으키며 물었다. 아까 낮에까지만 해도 그녀를 설득하다 못해서 체념하던 모용청경이 아닌가.

"내가 마교와 손을 잡으면서까지 위하고자 하는 건 우리 가문이야. 그리고 너 또한 가문의 일원이고."

"……."

"그리고 내 동생이기도 해."

그렇게 말하는 모용청경의 목소리에 따뜻한 애정이 묻어났다가 곧바로 사라졌다.

"동굴 안에 있는 십자 모양의 여명주를 따라가면 밖으로 나갈 수 있어. 도망쳐서 깊은 산 속에라도 숨어. 다시는 무림에 나오지 마."

모용청연은 서둘러 몸의 상태를 살폈다. 아직 몸에 기운이 전부 돌아오진 않았지만 도주하는 데는 큰 무리가 없을 것 같았다.

몇 날 며칠 가만히 앉아서 면벽 수련에 가까운 일도 해냈는데, 그쯤이야!

"도와준 건 고마워. 하지만 언니는 반드시 후회하게 될 거야."

검을 단단히 움켜잡은 모용청연이 빠르게 동굴 안을 빠져나갔다.

모용청경은 비틀거리면서도 똑바로 앞만 보고 달려가는 동생의 모습을 보다가 희미한 웃음을 지었다.

이윽고 모용청경마저 감옥을 떠난 후, 채 일각도 되지 않아 몇 명의 사람들이 슬그머니 감옥 안으로 침투했다.

모용세가 무인의 복장과 얼굴을 하고 있었지만, 사실 그들은 파성군의 명령을 받은 마인들이었다.

그들은 기절해 있는 무사들을 보고 놀란 눈빛을 하더니, 이내 텅 빈 감옥을 보고 허탈한 한숨을 내쉬었다.

모용청연을 제거하기 위해 준비해 두었던 수 백 냥짜리 인피면구가 순식간에 한낱 쓰레기가 되어 버리는 순간이었다.

파성군은 제단이 있는 동굴이 아니라 그 밖에 지어 놓은 초옥에서 머물고 있었다.

　그는 오늘따라 이상하게 기분이 좋았다. 어디선가 의외의 좋은 소식이 들려올 것 같은 밤이었다.

　때문에 그는 촛불을 켜 놓고 슬렁슬렁 책장을 넘기며 콧노래를 부르고 있었다.

　그때 환히 열어 놓은 창문 사이로 검은 바람이 획 불어왔다.

　촛불이 흔들리고 방구석의 그늘에 한 사람의 인영이 들어와 앉았지만 파성군은 여전히 콧노래를 흥얼거리고 있었다.

　"부군사."

　"흥흐흥― 결과는?"

　"도주했습니다."

　"도주?"

　책장을 넘기던 파성군의 손이 멈칫했다. 그는 콧노래를 멈추고 고개를 들었다.

　그러나 그의 얼굴에서 낭패의 기색을 읽을 순 없었다. 오히려 이 상황이 흥겨워 보이기까지 했다.

　"흐음, 큰 모용소저가 선수를 쳤나 보군요. 완전히 신의를 저버린 줄 알았는데 그건 또 아니었나 보지요?"

"모용세가의 무인들이 전부 기절해 있었습니다. 단순히 도주를 도와준 수준이 아닙니다. 이건 교와의 맹약에 반기를 드는 행위입니다!"

마인은 모용청경의 변심을 주장했다. 이래서 극렬분자들은 귀찮다니까. 파성군은 그 파리한 검지를 들어 천천히 내저었다.

"설마요. 그분께선 여전히 교와 잡은 손을 놓지 않을 생각일 겁니다. 오히려 그 손을 더 단단히 쥐기 위해 거슬리는 새끼손가락 하나를 잘라 버린 거나 마찬가지예요. 재밌군요, 재밌어. 나는 그런 인간이 좋아요. 인간이란 원래 불완전하고 흔들리는 존재니까. 큰 모용소저에 대한 관심이 조금 커졌어요."

"관심 말씀이십니까?"

마인은 파성군의 입가에 떠오른 야릇한 미소에 불안함을 느꼈다.

비록 교의 명령에 의해 부군사인 파성군의 수족으로 일하고 있었지만 그가 저런 미소를 지을 때면 본능적으로 소름이 돋아 꺼려졌다.

"자네는 어찌 생각합니까? 약혼녀를 잃고 실의에 빠져 있는 소교주를 위해, 큰 모용소저를 우리의 새로운 안주인으로 맞이하는 건?"

"……예?"

"뭘 그리 놀랍니까. 자고로 동맹을 끈끈하게 만들어 주는 것 중 혼약만 한 게 없지요. 가주의 딸과 우리 소교주가 혼인한다면 그보다 더 확실한 약속이 어디 있겠습니까?"

"그, 그건 그렇지만…… 교주의 부인인 천마신녀의 자리는 팔당 중 두 당에서 대대로 배출해 왔지 않습니까? 아무리 모용세가와 맹약을 맺었다고 해도 그녀가 교의 안주인이 되는 건……"

"쯧쯧, 그래도 나름 교에서 지위가 높은 당신 같은 사람들이 그런 편협한 사고에 갇혀 있으니까 교가 매번 위기에 처하는 거 아닙니까. 생각을 넓히세요. 큰 모용소저는 그 미모도 소교주의 내자 되기에 부족함이 없고, 무공도 나쁘지 않지요. 게다가 마신께서 인정하신 제단의 단주가 아닙니까? 새로운 천마신녀가 되기에 부족함이 없어요! 으음, 왜 여태 이 생각을 못 했는지 모르겠군. 당장 서찰을 써야겠네요. 스승님은 물론이고 교주님께서도 찬성하실 겁니다. 자, 어서 내 지필묵을!"

파성군은 경쾌한 웃음소리와 함께 손을 내밀었다. 마인은 얼결에 제 옆에 있던 지필묵을 들어 파성군에게 건넸다.

그는 약간 광기 어린 듯한 콧노래와 함께 순식간에 서찰 한 통을 완성했다.

"자, 이걸 당장 본교로 보내 줘요!"

"모용세가의 의견은 묻지도 않고 그냥 이렇게 보내셔도 되는 겁니까?"

마인이 뒤늦게 물었다. 이런 중대 사안은 모용가주, 적어도 모용청경에게 의사를 물어봐야 하는 것이 아닐까?

그는 모용세가를 썩 좋아하진 않았지만 그 정도의 상식은 있었다. 물론 파군성은 그런 상식이 통하는 인간은 아니었다.

"의견? 신념을 버리고 권력을 택한 이들의 의견이 왜 필요하죠? 물어보나 마나 빤할 텐데."

"하긴 그것도 그렇군요."

마인이 생각하기에도 그랬다. 수백 년간 이어진 정파와의 신의도 버린 모용세가가 마교의 제안을 거절하는 것이 더 우스운 일이었다.

잠시 뒤, 한 마리의 전서구가 한 여인의 운명을 바꿀 서찰을 다리에 묶은 채 거친 사막의 대지를 향해 날아가기 시작했다.

*　　　*　　　*

남궁혁은 개방 사람들과 함께 있었다.

여기는 남궁혁이 잘 아는 동네도 아니고, 자칫 잘못 움직이면 모용세가의 눈에 띄기만 할 테니까.

할미 거지는 새로운 비밀 장소로 데려가 주겠다며 남궁혁을 이끌고 이리저리 복잡한 길을 지나갔다.

"자아, 슬슬 다 왔다."

가면 갈수록 거지들과는 전혀 어울리지 않는 화려한 곳으로 가고 있었지만 남궁혁은 잠자코 따라갔다.

거지들의 비밀 장소니까 거지가 가지 않을 만한 곳에 만들어 놨을 것이다. 모용세가의 습격 때문에 파괴된 비밀 장소가 대부호의 집 구석에 숨겨져 있었듯이.

하지만 이건 좀 그 차이가 심했다.

화려한 홍등, 호객에 나선 점소이들, 하늘하늘한 비단옷을 걸친 채 창밖으로 사내들을 유혹하는 기녀들. 거리에 풍기는 고급스러운 주향과 은은한 노랫가락.

'확실히 개방의 비밀 지부가 있다고 상상하기 어려운 동네긴 하네.'

대부분의 개방이 다 이런 식으로 비밀 지부를 만드는 건지, 아니면 할미 거지가 지부장으로 있는 이 요녕만 그런 건지는 모를 일이었다.

할미 거지는 이 화려한 거리에 주눅 드는 기색도 없이 휘적휘적 걸어가더니, 이내 제일 크고 화려한 주루의 뒷문 쪽으로 향했다.

그러고는 문을 쾅쾅쾅쾅 두드리며 사람을 찾아 댔다.

"기집들아, 이 할미 거지 밥 좀 주라!"

그렇게 한참을 두드려 대자 누군가 문을 열었다.

나이는 오십 정도 될까. 이제 희끗희끗해지는 머리를 숨길 생각도 없이 화려한 장신구로 틀어 올린 중년의 여인이었다.

그 고급스러운 비단옷이며 얼굴의 자신감으로 미루어 보아 아마 이 주루의 주인이 아닐까 싶었다.

"오랜만이시네요?"

"그 화려한 상판대기 참 오랜만이구만. 방 좀 내 다오."

할미거지의 폭언에도 여인은 살풋 웃으며 그들을 안으로 안내했다. 보아하니 할미 거지와 하루 이틀 알고 지낸 사이가 아닌 것 같았다.

그들이 안내받은 곳은 주루의 뒤편에 있는 후원이었다. 화려하기보다는 단아한 정원에 가까워서 학사들이 좋아할 것 같았다.

후원 안에 단층으로 된 작은 집이 있었고, 여인은 그들을 그 집 뒤에 있는 초가로 안내했다.

"기왕 비밀 지부로 쓰시는 거 거지가 절대 없을 거 같은 화려한 곳을 쓰시는 건 어때요?"

"그런 덴 있으면 불편해서 잠 못 자. 예가 어때서?"

남궁혁이 그동안 구걸과 함께 다니며 들러 보았던 개방의 지부들에 비하면 깨끗한 편이었으니 불평할 건 아니었지만.

그들을 안내한 여인은 다시 돌아가지 않고 함께 초가의 안에 들어와 앉았다.

"그려. 뭐 소식은 있구?"

"안 그래도 적당한 정보원을 찾았어요. 원래 그쪽으로 데려가려다가 습격당했다는 얘기를 들어서 이쪽으로 데리고 오라고 했으니, 곧 올 거예요."

"웬일로 너답잖게 일 처리를 잘 했구만?"

"호호, 대장께 배운 세월이 몇 년인데요. 그나저나 이분은?"

여인이 남궁혁을 가리키며 물었다. 마침 남궁혁도 여인의 정체가 궁금하던 참이었다.

"남궁세가네 남궁혁이라고, 대장장이 있어."

"아아, 이분이 그분이군요."

여인이 눈웃음을 치며 남궁혁을 바라보았다. 나이가 꽤 있긴 했지만 솔직히 지금도 현직이라고 해도 믿을 것 같은 매혹적인 눈웃음이었다.

"눈치채셨겠지만 저는 이 주루의 주인입니다. 대장께 큰 은혜를 입은 적이 있죠."

"잔말 말고 정보원이나 데려와. 이놈도 모용세가 정보 때문에 목이 빠지겠다고."

"그럼 잠시만 기다려 주세요."

여주인이 초가를 나갔다. 대체 무슨 정보원을 말하는 거지? 할미 거지에게 물어볼까 싶었지만 어차피 곧 돌아온다고 했으니까.

그것보다 남궁혁은 다른 데 신경이 쓰였다.

남궁혁을 습격했던 복면의 여인. 그녀가 누군지 알 것 같았다.

모용세가에서 그만한 실력의 여인은 드물었다.

모용세가가 딸을 차별하거나 여인들의 자질이 특별히 부족해서는 아니었다.

대부분 뛰어난 실력을 갖추기 전에 혼인해 세가를 떠나는 탓이다.

무림의 여인들이 일반 민간의 여인들보다 훨씬 늦은 나이에 혼인하는 것과는 상당히 다른 양상이었다.

그 혼인들은 대부분 정략결혼이었다. 딸들을 혼인시키는 방법으로 주변의 크고 작은 문파들을 모용세가로 포섭한 것이다.

물론 다른 오대세가나 대문파와의 사이를 유지하기 위해

서 혼인한 경우도 있었다.

때문에 모용세가에는 이십 세 이상의 여성이 상당히 드물었다.

남궁혁은 이러한 사실을 모용청연의 편지를 통해 잘 알고 있었다. 괜히 십년지기 친구가 아니니까.

그중에서 이 정도의 실력을 갖출 만한 여인이라면, 가주의 딸인 모용청경과 모용청연뿐이다.

모용청연이라고 하기엔 복면인의 키가 평균적인 여성의 키였다. 모용청연은 그 나이 또래 여인치고도 무척 작으니까.

"남는 건 청경 누님 정돈가……."

남궁혁은 소태 씹은 얼굴로 작게 중얼거렸다.

모용세가가 수상쩍다고 생각했을 때부터 이런 일이 닥칠 거라고 생각은 했지만 역시 기분이 이상했다.

은태림 그 녀석은 이런 쓰디쓴 심정을 어떻게 참아 냈던 걸까.

모용청연까지는 아니어도 모용청경은 남궁혁이 이번 생을 살면서 처음으로 누님이라 부른 여인이었다.

그녀가 무림 문파로 시집을 가게 되면 자신이 최고의 검으로 혼수를 해 드리겠다고 큰소리를 쳤었는데.

그런 그녀와 적으로 만나게 될 줄이야.

'그리고 아마 청연이도 그렇겠지.'

남궁혁은 손을 으스러질 듯 쥐었다. 이번에 사귄 팽천룡, 은태림, 나태영, 이 세 친구보다도 더 친하다 여긴 이가 바로 모용청연이었다.

그녀가 마교와 결탁했을 거라고 믿고 싶진 않았지만 이것이 곧 현실.

이제 그런 그녀를 베어야 할지도 모른다. 각오를 해 둬야 했다.

잠시 뒤. 주루 주인이 한 명의 나이 든 여인을 데리고 초가 안으로 들어왔다.

"이건 뉘야?"

"모용세가에서 일하던 유모예요."

"유모?"

"모용가주의 두 딸을 기른 유모죠. 물어보고 싶었던 걸 얘기하시면 됩니다."

주루 주인의 말에 유모는 할미 거지 앞에 털썩 무릎을 꿇었다.

"아이고, 제발 우리 아가씨 좀 살려 주십시오……아이고…….”

"살려 달라니, 누굴 말이냐?"

"우리 작은 아가씨 말입니다, 흑흑…… 청연 아가씨가

마교인지 뭔지 하는 놈들과 손을 잡는 걸 거듭 반대하셔
서, 무공도 쓸 수 없는 몸이 되어서 끌려가셨지 뭡니까, 흑
흑……."

"청연이가요? 아주머니, 좀 자세히 얘기해 주세요!"

남궁혁이 다급하게 끼어들었다.

모용청연의 유모는 그간 모용세가에 있었던 일들을 하나
도 빠짐없이 남궁혁에게 전해 주었다.

그녀는 한낱 고용인이었지만 오랜 세월 모용세가에서 지
낸 터라 한 가족이나 다름없었고, 가주의 두 딸을 옆에서
모신 덕분에 모용세가와 마교의 결탁에 대해 상당히 많은
것들을 알고 있었다.

덕분에 남궁혁과 할미 거지는 대부분의 전말을 파악했
다.

"그럼 고 놈들이 쩌어기 북쪽 산에다가 수상한 짓을 하고
있단 말이지?"

"네, 그렇습니다요. 청연 아가씨도 그쪽으로 끌려가신 것
이 분명합니다!"

"그래도 모용가주가 미치지 않고서야 제 딸을 해할 리가
없는디. 느는 왜 여까지 찾아온 것이고?"

할미거지가 예리하게 물었다. 이 정보원이 진짜 정보를
주러 온 것인지, 미끼를 던지러 온 것인지는 반드시 판단해

야 할 문제니까.

"그 마인인지 뭔지 하는 놈들이 우리 아가씨를 눈에 거슬려 하니 언제 해를 입으실지 모릅니다요! 게다가 우리 하인들은 솔직히 마교가 뭣이고 그런 거 잘 모르구요. 다들 좋으신 분들인디 요사이 다들 분위기가 이상해지시구. 무사분들은 다들 세가에 안 계시고 해서 다들 불안해하기만 합니다요. 소인은 마교가 없었던 때로 돌아가고 싶은 마음뿐입니다요, 흑흑……."

할미 거지의 의심에 열변을 토해 내던 유모가 기어코 눈물을 터트렸다.

닭똥 같은 눈물을 뚝뚝 흘리며 모용청연의 이름만 되새기는 그녀를 더 이상 의심하기란 어려운 일이었다.

"좋아요. 그 산이 대체 어디예요?"

"이 자슥아, 아서라. 네 무공 실력이 보통이 아닌 건 아는데, 상대는 모용세가야. 만만찮은 놈들이 한 둘이 아니라고."

"그 정도는 저도 알아요. 일단 주변 탐색이라도 해 봐야 하지 않겠어요?"

남궁혁이 어깨를 으쓱하곤 자리에서 일어났다.

사정을 전부 알고 나니 마음이 조급했다.

다른 것보다 모용청연이 그들과 손을 잡지 않았다는 것,

그 때문에 벌을 받고 갇혀 있다는 사실이 그를 움직이게 했다.

"이것아, 조금만 기다려. 무기도 없이 어딜 갈라 그러누?"

할미 거지의 말에 남궁혁은 아차 했다.

이럴 줄 알았으면 눈에 띄는 한이 있더라도 자신의 검을 가져오는 건데.

아무리 싸울 생각으로 가는 게 아니라지만 기본적인 무기도 없이 적의 소굴을 탐색하러 가는 건 목을 바치러 가는 거나 마찬가지였다.

"너희 주루에 뭐 괜찮은 검 없냐? 술값 대신 받아 낸 검 같은 거 있을 거 아니여?"

"그런 거야 물론 있죠. 따라오시면 검을 보여 드리지요. 작은 모용소저는 저와도 인연이 있어서 무척 걱정이 되는군요."

"청연이를 아십니까?"

"그럼요. 이 지역에서 장사하면서 모용세가를 모르고 말이 되나요?"

남궁혁은 여주인을 따라 초옥을 나섰다. 가는 길에 여주인은 겸사겸사 자신과 모용청연의 인연에 대해 늘어놓았다.

"오 년 전쯤이었나. 제가 이 주루를 열고 얼마 안 됐을 때랍니다. 저흰 개방과 거래를 하고 있긴 하지만 비공개적인 거라서 겉보기엔 아무 세력의 보호도 받지 않는 것 같거든요. 그래서인지 시비를 거는 무뢰한들이 유독 많았죠. 가끔은 곤란할 정도의 고수도 있었어요."

"청연이가 그 무뢰배들을 퇴치하게 도와준 건가요?"

"아니요. 아가씨는 어차피 그놈들을 해치워 봤자 또 다른 놈들이 몇 번이고 온다는 사실을 잘 알고 계셨어요. 하지만 이미 이 거리에는 모용세가의 비호를 받는 주루가 있어서 아가씨 혼자 함부로 나설 수 있는 일이 아니었죠."

"그러면요?"

"그때부터 청연 아가씨가 제게 금을 배우기 시작하셨답니다."

아아, 생각이 났다. 몇 년 전에 뜬금없이 악기를 배우러 다닌다는 얘기가 편지에 적혀 있었다.

모용세가의 딸쯤이나 되는 애가 따로 선생을 초빙하지 않고 직접 배우러 다닌다니 신기하다고 생각했는데, 이런 뒷사정이 있었다니.

"모용세가의 금지옥엽이 자주 드나든다고 하니 신기할 정도로 그 무뢰한들이 싹 사라졌지 뭡니까. 덕분에 저희는 큰 은혜를 입었죠."

"그랬군요."

남궁혁과 여주인은 후원를 나서 또 다른 별채로 향했다.

이쪽은 아까 그곳에 비해 좀 더 화려했지만 크기는 작았다.

여주인이 별당의 문을 열고 남궁혁을 안으로 들였다.

하지만 남궁혁은 안으로 들어가지 않고 그대로 그 자리에 굳었다.

그의 시선 끝에 피투성이가 된 모용청연이 쓰러져 있었다.

〈다음 권에 계속〉

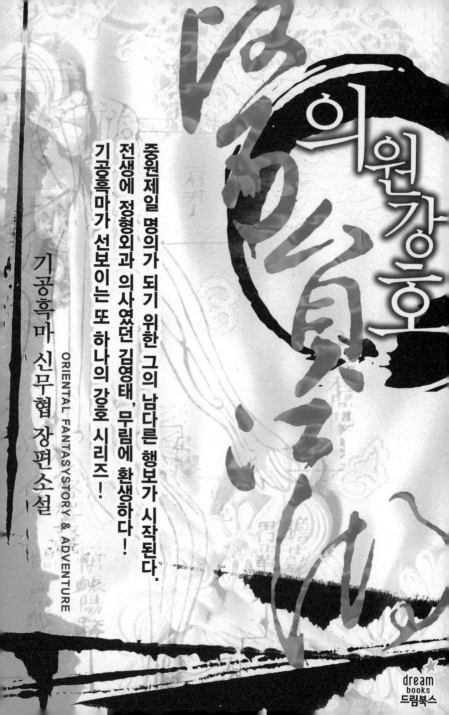

의원강호

중원제일 명의가 되기 위한 그의 남다른 행보가 시작된다.

전생에 정형외과 의사였던 김영태, 무림에 환생하다!

기공흑마가 선보이는 또 하나의 강호 시리즈!

기공흑마 신무협 장편소설

ORIENTAL FANTASY STORY & ADVENTURE

dream
books
드림북스

마왕
요도 김남재 신무협 장편소설
ORIENTAL FANTASY STORY & ADVENTURE
『지옥왕』, 『요마전설』의 작가!
요도 김남재 신무협 장편소설
천하를 통일한 마교의 대공자 혁련휘.
오랜 세월 동안 행방불명되어 죽은 줄만 알았던 그가
동생의 복수를 위해 강호 무림에 칼을 겨눈다!
dream books
드림북스

龍劍傳

용제
검전

윤민호 신무협 장편소설

ORIENTAL FANTASY STORY & ADVENTURE

『악제자』, 『용맹마도』의 작가!
윤민호 신무협 장편소설

몰락한 작은 무문에서 맺어진 기이한 인연(因緣),
천하를 격동시킬 전설은 그렇게 시작되었다!

dream books
드림북스